DÉVOILÉE
LE CLUB V - TOME 1

JESSA JAMES

Dévoilée : Copyright © 2018 par Jessa James
ISBN: **978-1-7959-0278-6**

Tous droits réservés. Aucune partie de ce livre ne peut être reproduite ou transmise sous quelque forme que ce soit ou de quelque manière, électrique, digitale ou mécanique. Cela comprend mais n'est pas limité à la photocopie, l'enregistrement, le scannage ou tout type de stockage de données et de système de recherche sans l'accord écrit et exprès de l'auteur.

Publié par Jessa James
James, Jessa

Dévoilée

Design de la couverture copyright 2018 par Jessa James, Auteure
Crédit pour les Images/Photo : BigStock: Studio10Artur

Note de l'éditeur :

Ce livre a été écrit pour un public adulte. Ce livre peut contenir des scènes de sexe explicite. Les activités sexuelles inclues dans ce livre sont strictement des fantaisies destinées à des adultes et toute activité ou risque pris par les personnages fictifs dans cette histoire ne sont ni approuvés ni encouragés par l'auteur ou l'éditeur.

À PROPOS DE DÉVOILÉE :

M. Vance

Mes yeux la parcoururent. La barmaid intérimaire l'avait conduite dans mon bureau parce qu'elle avait vu la salle d'enchère des vierges. J'admirai ses courbes délicieuses et je sus qu'il fallait que je la possède. Sauf que je ne la reverrais jamais après ce soir-là. Mais j'obtiens toujours ce que je veux, je suis le propriétaire du Club V, et je la percerai à jour, de façons qu'elle n'a jamais connues. Je suis impatient de toucher et lécher chaque courbe de son corps vierge.

Samara

Je croyais que la salle d'enchères du Club V n'était qu'une rumeur. Avant d'entrer dans la mauvaise pièce. Je craignais d'être renvoyée, mais lorsque le gardien m'a conduite dans le bureau de M. Vance, je perdis immédiatement mes moyens. Il était beau, arrogant, suffisant, même, et je n'arrivais pas à quitter des yeux la femme totalement nue avec un collier en diamants debout à côté de lui. L'expression sensuelle et pleine de désir qu'elle avait au visage alors qu'il la touchait, puis la façon qu'il eut de me regarder pour me provoquer.

Mais je n'aurais plus jamais à le voir après ce soir-là. Enfin, jusqu'à ce que le destin change tout... Que Dieu me vienne en aide !

Si les hommes arrogants, les vierges et les sensations fortes sont votre truc, poursuivez votre lecture...

NOUVELLES DE JESSA JAMES

Abonnez-vous à ma liste de lecteurs VIP français ici : http://ksapublishers.com/s/jessafrancais

CHAPITRE 1

La musique du club résonnait jusqu'à la rue où je me trouvais, pour marquer une pause et reprendre mon souffle avant d'aller travailler. La ruelle puait le tabac froid et pire encore, une odeur infecte venue des poubelles environnantes. J'eus un léger haut-le-cœur et je me donnai du courage avant de me diriger vers la porte, pas encore prête à interrompre ma pause. Je ne savais pas exactement pourquoi je me sentais ainsi ce jour-là, mais j'étais angoissée à l'idée d'aller au travail, et une boule dans ma gorge me disait que quelque chose... clochait.

— Tu n'es pas obligée de faire quoi que ce soit qui te mette mal à l'aise, me dis-je à moi-même, certaine de passer pour une cinglée, debout à l'extérieur du club en essayant de trouver une excuse pour ne pas entrer.

Beaucoup trop de raisons me poussaient à y aller. Si je voulais finir la fac un jour, j'allais devoir garder mon emploi. Ce n'était pas le genre de travail dont j'avais toujours rêvé, mais ça payait les factures, ça me nourrissait, et quand j'aurais terminé mes études, je serais l'une des rares personnes que je connaissais à ne pas être submergée par les prêts étudiants. Le club me payait bien pour les tâches que j'effectuais, ce qui rendait tout cela plus acceptable - et c'était certainement plus agréable que la dizaine de jobs de serveuse que j'avais eus à la fin du lycée et au début de la fac.

Et si j'étais parfaitement honnête avec moi-même, je savais que tout cela était nécessaire. Mes parents n'avaient pas les moyens de financer mes études, et si je voulais continuer mon éducation et avoir une carrière, j'allais devoir payer moi-même. S'ils l'avaient pu, je savais que mes parents m'auraient payé mes études, mon logement, et tout le reste sans y réfléchir à deux fois, mais nous n'avions pas ce genre de niveau de vie. Ma mère était secrétaire pour le même cabinet d'avocats depuis la naissance de mon petit frère. Il n'avait que dix-sept ans à présent, et elle n'avait pas travaillé assez pour pouvoir se mettre à la retraite. En plaisantant, elle disait qu'elle serait toujours assise derrière le même bureau chez Keller, Lawson, Waterman et Keller lorsqu'elle aurait soixante-quinze ans, mais au fond, je priais pour qu'elle n'ait pas à le faire. L'argent ne coulait pas à flots et elle et mon père faisaient de leur mieux, mais je ne voulais pas la voir travailler aussi vieille.

Mon père était travailleur indépendant depuis qu'il était tout jeune. Il était mécanicien et avait commencé à travailler pour l'un des garages de la ville avant de monter sa propre entreprise. Sa boîte marchait bien et il était très doué, assez bon pour donner à ses clients l'envie de revenir. Il était sans doute l'un des rares mécaniciens du coin à être honnête dans une ville déjà gangrenée par la pauvreté, et ses prix bas et son travail digne de confiance faisaient de lui le genre d'hommes auxquels les gens confiaient leurs réparations.

Mais malgré tout ce dur travail, cela ne serait jamais suffisant. Je ne voulais pas ajouter aux difficultés de ma famille, alors j'avais décidé de m'occuper des frais de scolarité et de logement moi-même. Si je pouvais leur éviter des inquiétudes supplémentaires et m'assurer qu'ils pourraient aider mon frère quand il entrerait à la fac, je ferais ma part. Ça avait toujours été comme ça - collaborer pour le bien de la famille. Ils comptaient énormément à mes yeux.

Je regardai mon téléphone. Suzy était déjà arrivée pour son service pendant que je prenais ma pause, et je savais qu'elle se demanderait où j'étais si je prenais davantage de temps pour rester sur le trottoir à penser à mon destin. Seigneur, qu'est-ce qui clochait chez moi ce soir ? Rien n'avait changé au travail, rien ne justifiait cette hésitation. Je ne voyais aucune raison pour cela, en tout cas. Il y avait quelque chose dans l'air, et j'avais l'impression que tout était possible ce soir-là, mais sans savoir si ce serait positif.

Je poussai la porte de l'entrée qui donnait sur la ruelle et j'entrai dans la zone à l'arrière du bar. Quelques serveurs se pressaient dans tous les sens, vêtus de leur uniforme noir. Les hommes portaient des cravates écarlates assorties à la déco du club, et les femmes avaient reçu pour instruction de se maquiller dans les mêmes tons. J'étais contente d'avoir une couleur de peau mise en valeur par le rouge à lèvres profond que je devais porter tous les soirs, mais après réflexion, je me dis que nous avions sans doute été embauchées justement en raison de notre aptitude à bien le porter.

Une foule se pressait déjà autour du bar, bien qu'il ne soit pas encore très tard. C'était l'heure de ponte pour les clients du club, et je souris en pensant au fait que je pourrais me faire un ou deux pourboires supplémentaires dans la soirée.

— Salut, Tommy, dis-je en adressant un clin d'œil à l'un de nos clients réguliers du vendredi et en lui pressant brièvement l'épaule.

— Samara, ma chérie.

Il me sourit et se tourna pour m'attirer vers lui, ignorant le fait que j'essayais de me diriger vers le vestiaire du personnel.

— Ma chérie, ne pars pas. Tu sais bien que tu es ma préférée.

Je sentis ses yeux me parcourir de la tête aux pieds alors que sa main me glissait sur la hanche pour me tirer vers lui. Je sentis le début d'une érection grandir dans son pantalon, et même si une partie de moi se demanda ce que ça ferait de prendre Tommy Rollins - banquier en investissement haut gradé dans une société du New Jersey - comme premier amant, je me contentai de sourire et de lui poser une main sur la poitrine.

— Et tu es aussi mon préféré, dis-je. Ne l'oublie jamais.

Je me frottai légèrement à lui avant de tourner les talons et de me diriger vers le vestiaire. Je laissai échapper un grognement, inaudible à cause de la musique du club. Ce serait super d'avoir quelqu'un comme Tommy pour premier amant - je savais qu'il était bon au lit et que les femmes se battaient toujours pour être avec lui dans le club. Mais je devais également garder à l'esprit que j'étais ici comme barmaid - l'une des deux responsables avec ma meilleure amie et colocataire, Suzy – et je ne laisserais pas l'attirance animale que je ressentais pour l'un des types les plus riches et les plus sexy du club mettre ma carrière en péril.

Mais mon sang, j'en mourrais d'envie. Dix-neuf ans et toujours pucelle, j'étais en minorité parmi mes amies, dont la plupart avaient offert leur virginité à l'un des abrutis du lycée. L'idée de perdre ma virginité avec l'un de ces ratés sans avenir ne m'avait attiré le moins du monde. Même si au début, il s'était agi de tenir mes principes, c'était simplement devenu pesant. J'avais dix-neuf ans et je pouvais faire l'amour si j'en avais envie, avec qui je voulais, et beaucoup d'occasions s'étaient présentées à moi. Pourquoi ne les avais-je pas saisies ?

— Tu sais pourquoi, me dis-je en me dirigeant vers le

fond du club pour retrouver Suzy, qui se préparait pour son service.

Je n'avais pas accepté les nombreuses propositions de me déflorer que j'avais reçues, car aucune d'entre elles ne semblait à la hauteur pour une première fois. J'avais connu beaucoup de rencards, et le fait que rien ne se soit concrétisé n'était pas étonnant. J'avais vite découvert qu'une grande partie de la population mâle laissait tomber les femmes comme de vieilles chaussettes si elles refusaient de coucher le troisième soir.

Bizarrement, certains hommes partaient en courant lorsqu'ils découvraient que j'étais vierge. J'avais cru, à tort, apparemment, que la virginité était appréciée par les hommes - une sorte de trophée qu'ils collectionnaient. Je n'aurais jamais pensé qu'ils puissent être intimidés ou repoussés par cela.

Alors j'avais connu toute une flopée de types, des enfoirés pour la plupart, qui m'avaient lourdée après que je leur avais dit que j'attendais le bon moment et la bonne personne.

Je tirai le rideau en velours qui cachait l'entrée du vestiaire des employés. La pièce se trouvait dans un coin au bout d'un petit couloir, et abritait les casiers de toutes les serveuses, des danseuses et des autres employées.

— Hello, lança Suzy depuis l'endroit où elle était assise, devant l'un des miroirs.

Elle était installée sur un coussin en velours du même rouge que la plupart des surfaces du club.

— Salut, répondis-je. Prête pour une longue nuit. On dirait que le club est bondé.

Je m'assis sur l'un des coussins qui faisaient face à ma colocataire et la regardai alors qu'elle continuait à se maquiller pour la soirée.

— Ouais, je crois que Stew a dit qu'ils avaient mis une pub dans l'un de ces magazines d'avions qui s'adressent à... tu sais, à notre public. Il y a sans doute plein de petits nouveaux ce soir. Mieux vaut ne pas se montrer trop sympa.

Je hochai la tête. Je savais ce que Suzy voulait dire. Il y avait quelques règles à suivre impérativement dans notre travail ici, et la plus importante était que nous étions barmaids - rien de plus. Il y avait toujours moyen de gravir les échelons, mais cela nécessiterait une renégociation de contrat avec notre manager, et sans doute avec les gros bonnets à la tête du club. Les nouveaux visiteurs ignoreraient sans doute que nous - les barmaids - n'étions pas au menu. C'était quelque chose qui pouvait déconcerter les gens qui ne connaissaient pas bien ce genre d'endroits, mais nous devions parfois remettre les pendules à l'heure. Même mon flirt avec Tommy, bien qu'assez innocent et proche de mes attributions, qui étaient de faire plaisir aux clients, frôlait la limite.

Toutes celles qui travaillaient derrière le bar ou en tant que serveuses y avaient déjà été confrontées. Un homme ou une femme qui nous repéraient et voulaient nous faire la même chose qu'aux autres employées du club. Même si les rapports sexuels à la vue de tous, l'échangisme et le BDSM étaient au menu dans le club, il fallait que les clients comprennent que les barmaids ne l'étaient pas. Un gloussement avait parcouru le petit groupe de nouvelles employées lors de ma première réunion du personnel quand notre manager avait dit que nous n'étions pas « formées » pour les mêmes choses que les autres membres du personnel. Cependant, il était toujours possible de changer d'attributions si l'on était intéressées, mais l'on ne pouvait pas mélanger les deux boulots.

Je ne remarquais presque plus le sexe, maintenant que je me trouvais presque à plein temps derrière le bar. Lorsque j'avais commencé comme serveuse, j'y avais été plus exposée, car je devais apporter des boissons et des petites assiettes à l'étage principal du club, qui était généralement rempli de gens occupés à discuter et à profiter de la compagnie des autres, mais qui allaient souvent plus loin. Plus d'une fois, j'avais apporté un scotch de cinquante ans d'âge à des hommes qui insistaient pour le boire tandis qu'une jeune blonde chevauchait sauvagement leur membre. Le sexe était autorisé à l'étage principal, comme partout ailleurs dans le club, mais les rapports avaient souvent lieu dans les petits recoins qui parcouraient la grande pièce du rez-de-chaussée. Le grand bar qui régnait sur la pièce principale était très fréquenté, mais la plupart du temps, les clients demandaient à ce que leurs boissons leur soient apportées à leur place.

Les premiers jours, je voyais beaucoup plus de choses que je n'en voyais désormais, et je ne remarquais même plus les gémissements venus des alcôves. Le DJ mettait généralement la musique assez fort pour assourdir les bruits, de toute façon, où il jouait des mélodies qui se mariaient bien avec les soupirs. L'atmosphère sensuelle de mon lieu de travail était indéniable. Chaque centimètre carré du club de près de cinq cents mètres carrés pulsait au rythme du sexe, et l'odeur d'ylang-ylang, de bois de santal et de patchouli éveillait le désir de tous ceux qui pénétraient dans les lieux, tout en essayant de masquer l'arôme caractéristique du sexe et des phéromones. Je tentais de ne pas y penser trop souvent, mais il n'était pas rare pour moi d'entrer dans le club et de me retrouver immédiatement mouillée et excitée. Cela rendait ma situation encore plus difficile à supporter.

— Comment ça se passe, avec Kevin ? me demanda Suzy en m'arrachant à mes pensées.

Elle se regarda dans le miroir et appliqua précautionneusement des faux cils sur son œil gauche. Le résultat était incroyable alors qu'elle se penchait en arrière et clignait des yeux pour admirer son reflet. Suzy avait été recrutée par l'un des propriétaires, et ce n'était pas étonnant. Mon amie et colocataire faisait une tête de plus que moi, et elle semblait tout droit sortie d'un défilé de Victoria's Secret. Ses seins hauts et pleins étaient une merveille, et la moitié des hommes du club tournaient immédiatement leur attention vers sa silhouette époustouflante. Même complètement habillée, Suzy était la femme que tous les hommes du club désiraient, et elle leur était complètement inaccessible.

— Pff... Kevin. Eh bien, c'est fini.

Lorsque j'avais quitté notre appartement plus tôt dans la journée pour aller au travail, j'étais au téléphone avec Kevin, en train de poursuivre une dispute entamée la veille. Finalement, nous n'étions pas parvenus à nous mettre d'accord.

Suzy me regarda avec un air triste. Elle m'attira vers elle et me prit dans ses bras, en veillant à ne pas essuyer son maquillage appliqué avec précaution. Elle portait de l'eyeliner qui lui faisait des yeux de chat, et elle était encore plus sexy que d'habitude. Elle étudiait pour devenir maquilleuse, alors elle essayait toujours de nouveaux looks qui ne manquaient jamais d'impressionner la clientèle du Club V.

— Merci, dis-je en me détachant d'elle. Je vais simplement rafraîchir mon maquillage, et je te rejoins dans un moment.

— À tout de suite, alors, répondit Suzy en se levant et en lissant sa minijupe moulante, avant de tirer le rideau pour se rendre derrière le bar.

Je me retournai et regardai mon propre reflet. Personne d'autre n'entamerait son service de sitôt, alors j'avais le vestiaire pour moi toute seule et je pouvais m'observer sans que personne ne me voie.

Mes longs cheveux blonds ondulés étaient lâchés, comme d'habitude, et l'on aurait dit que je rentrais de la plage. Pas étonnant que Tommy m'ait draguée. Je devais bien admettre que mes cheveux avaient rarement été aussi sexy, et je souris. Mes yeux noisette teintés de vert semblaient légèrement mystérieux et sortaient juste assez de l'ordinaire pour que l'on me fasse souvent des compliments à ce sujet, surtout à la lumière tamisée du club. Les appliques murales, le bar et les lumières des tables les illuminaient juste assez pour qu'ils scintillent. On m'avait souvent dit qu'ils étaient fascinants, et j'essayais toujours de me maquiller les yeux dans des tons verts et dorés pour accentuer cette impression.

Mes pommettes hautes, héritées de ma grand-mère, ne gâchaient rien. Je n'avais pas besoin de jouer avec des poudres de soleil pour les mettre en valeur, et j'étais reconnaissante à la génétique. Un grain de beauté au-dessus de ma lèvre supérieure m'avait ennuyée lorsque j'étais petite, mais à présent, c'était le genre de détail provocateur sur lequel les hommes et les femmes me complimentaient sans arrêt.

Je me levai et fronçai les sourcils. La seule chose que j'aurais bien changée, c'était ma taille. Du haut de mon mètre soixante-deux, j'étais l'une des plus petites employées du bar, et je devais laisser Suzy atteindre les étagères à ma place. Mais mon poids était bien proportionné et mes hanches me donnaient des courbes qui attiraient l'œil de beaucoup de monde. Mais c'étaient mes seins qui avaient la part belle. J'étais peut-être du genre menu, avec mes cinquante-cinq kilos, mais j'étais très fière de montrer mon bonnet C où que j'aille. Le club nous autorisait, Suzy et moi, à porter nos propres vêtements au lieu de l'uniforme standard du club, et nous choisissions généralement des débardeurs ou des tee-shirts moulants et très décolletés. C'était l'un des avantages de notre travail - nous pouvions nous amuser, et la plupart du temps, nous ne remarquions même pas que nous travaillions.

Je lissai ma propre minijupe et je me tournai pour regarder mes fesses.

— Tu as un cul magnifique, me dis-je en riant avant de me diriger vers le bar pour une nouvelle soirée au Club V.

CHAPITRE 2

— Qui est prêt pour une autre tournée ? lançai-je derrière le bar bondé en brandissant une grande bouteille de tequila en direction des clients et en leur adressant un clin d'œil.

J'eus droit à quelques exclamations et à des hochements de tête après avoir versé douze autres shots, et je revins avec un billet de cinquante dollars entre mes seins désormais pleins de sueur, un billet généreusement placé là par Tommy, accompagné de sa carte de visite. J'allai me placer à côté de Suzy, qui ajoutait les boissons à son ardoise.

— Sérieux, la pub a dû fonctionner. Je n'arrive pas à croire qu'il y ait autant de nouveaux clients ici ce soir.

Suzy avait raison. Les lieux étaient pleins de l'énergie retentissante des nouveaux visiteurs, et j'espérais que cela signifiait que beaucoup d'entre eux deviendraient membres. Je savais qu'une fois que les gens goûtaient à ce que le club pouvait offrir, ils avaient du mal à s'en passer.

— Tu fais du bon boulot, lui dis-je en lui donnant un petit coup de hanche. Franchement, cet endroit n'a pas été aussi fréquenté depuis longtemps, et je pense que Stew remarquera qu'on a assuré.

— Regarde qui parle, dit Suzy avec un sourire en regardant le billet de cinquante dollars que je sortais de mon décolleté. Meuf, tout le monde t'adore ici. Ne l'oublie jamais. Ils ne pourraient pas trouver meilleure barmaid que toi. Tu iras loin.

Je souris, contente que l'étrange sensation que j'avais ressentie plus tôt dans la soirée se soit évanouie. J'ignorais toujours de quoi il s'était agi. C'était peut-être simplement ma dispute au téléphone avec Kevin qui m'avait mise mal à l'aise à l'idée de venir travailler ce soir. Quoi qu'il en soit, je chassai ces pensées et je me concentrai sur ce qui se trouvait face à moi. Suzy avait raison - je me faisais une montagne de pourboires, et à ce rythme-là, je pourrais payer deux fois le montant mensuel de mon prêt ce mois-ci. Je savais que j'étais très chanceuse d'avoir ce travail et que rien au monde ne me ferait quitter ce club.

— Les filles !

Ma brève rêverie fut interrompue par notre manager, Stew, qui se faufilait à travers la foule pour venir derrière le bar. Avec ses deux mètres et ses cent trente kilos, Stew était très costaud. Ancien joueur défensif de football américain, il s'occupait désormais des ventes au club.

Il regarda alentour et fit un geste de la main en direction du bar.

— Vous êtes incroyables, toutes les deux. Merci d'avoir géré tous ces clients en plus. Je crois que les patrons n'avaient pas anticipé le succès qu'aurait leur nouvelle pub, mais voilà le travail, et c'est prometteur.

— Je suis contente que ça marche, dis-je avec un sourire sincère.

— Maintenant que j'ai préparé le terrain, j'ai un service à te demander, à toi spécifiquement, Samara.

Je haussai un sourcil.

— Dis-moi.

— Je sais que demain, c'est ton jour de congé, mais...

— Tu veux que je vienne ? Aucun problème, dis-je à brûle-pourpoint.

J'étais toujours ravie de faire plus d'heures.

Stew secoua la tête.

— Euh, pas exactement. Je vais demander à Lori d'aider Suzy demain soir, mais je me demandais si tu pourrais aller au club de New York demain soir ? Ils ont un grand événement, et entre ça et les clients en plus à cause de cette pub, ils ont besoin d'aide supplémentaire. Tu toucheras cinquante pour cent en plus.

J'ouvris grands les yeux. Je n'avais encore jamais travaillé au Club V de New York. Je n'y avais même jamais mis les pieds, mais je le connaissais de réputation. Et sa réputation disait qu'il attirait les plus gros flambeurs. D'accord, dans le New Jersey, nous voyions beaucoup d'argent passer les portes, grâce aux clients qui vivaient ici et avaient des emplois à hauts revenus à New York, et à ceux qui travaillaient dans l'industrie du jeu ou qui gagnaient leur vie de cette façon.

Mais New York ! Une grande ville scintillante... et des gens avec un appétit sexuel insatiable. Il ne me restait plus qu'à espérer que leur soif aussi soit insatiable.

— Absolument. Aucun problème, Stew. Je n'avais rien de prévu, de toute façon.

Je jetai un regard à Suzy en repensant à la discussion que nous avions eue à propos de ma relation avec Kevin, qui appartenait désormais au passé.

— Super ! dit-il. Je vais les appeler pour leur dire que tu viendras. Le service commence à dix-neuf heures, mais tu devrais peut-être arriver un peu en avance pour qu'ils puissent te mettre au courant de tout. Oh, et il faudra que tu prennes l'un des chemisiers du Club V. Ils sont un peu plus stricts au niveau de la tenue des barmaids, là-bas.

Je hochai la tête avec enthousiasme et me retins de sauter au cou de Stew. Il continua de nous parler un moment des événements qu'allait accueillir le club, puis il disparut à nouveau dans son bureau.

Suzy se tourna vers moi avec de grands yeux.

— Tu vas aller bosser à New York !

— Seulement un soir...

— Ouais, mais on ne sait jamais. Et nom de Dieu, tu sais le fric qui leur passe entre les mains, là-bas... Enfin, je ne sais pas trop, mais c'est des sommes folles. Tu vois les cinquante dollars que Tommy a glissés entre tes seins ? À New York, ce serait plutôt mille dollars. T'es déjà vu un billet de mille ? demanda Suzy en s'adossant au mur avec un soupir.

— Ça m'étonnerait qu'on me glisse un billet de mille entre les seins.

Suzy secoua la tête.

— T'as raison, c'est pas comme ça qu'ils font, là-bas. Ils te le glisseront plutôt dans la chatte ! dit-elle en gloussant.

Je lui donnai une tape et lui jetai un bref regard noir avant d'aller remplir un nouveau verre de vin. Lorsque je revins, elle riait toujours.

— Mais sérieusement, Samara, tu vas devoir faire attention, là-bas. Je n'y suis jamais allée, mais j'ai entendu dire qu'ils faisaient les choses différemment, là-bas. Tu sais ce qu'on dit... sur cette salle.

Ceux qui ne connaissaient pas bien la réputation du Club V n'auraient pas compris de quelle « salle » Suzy parlait, mais après avoir travaillé dans le club du New Jersey depuis un an, désormais, je connaissais très bien les rumeurs qui couraient à son sujet.

Les gens disaient qu'il y avait une salle d'enchères où les hommes venaient acheter des femmes pour leur plaisir. Ce n'était qu'une rumeur, bien sûr, et à ma connaissance, personne n'avait jamais vu cette salle. Le Club V était présent sur tout le territoire américain, et il connaissait de plus en plus de succès. Si la rumeur disait vrai, le club possédait une salle d'enchères dans chacun de ses clubs les plus importants : New York, Los Angeles, Las Vegas, Chicago et Dallas. Ce qui se passait dans ces salles était laissé à l'imagination, car aucune personne de ma connaissance n'y avait jamais mis les pieds.

— Tu sais, c'est peut-être une légende urbaine. Tu sais comment ce genre d'histoires commencent à circuler. Une serveuse dans l'un de ces clubs a sans doute vu quelque chose qu'elle n'a pas compris dans l'une des pièces privées, elle en a parlé à une amie, et voilà. C'est le téléphone arabe, et personne ne sait qui en a parlé pour la première fois.

Suzy haussa les épaules et tendit un ticket de caisse à l'un des clients du bar. Elle s'approcha de moi pour parler à voix basse :

— Tout ce que je dis, c'est que tu dois garder la tête haute et que tu dois te montrer forte, dans ce genre d'endroits. Tu sais pourquoi je reste ici ? Je sais que je peux faire confiance à Stew. Je ne serais pas là si on n'avait pas le genre de manager à qui on peut s'en remettre les yeux fermés. Même si j'ai confiance dans le Club V en général - tu sais aussi bien que moi qu'ils n'acceptent pas n'importe qui comme membre - Le club de New York est le plus grand de tous, et j'ai entendu des histoires sur ce que certains clients veulent, là-bas. D'accord, ici aussi on a du BDSM, mais ça reste plutôt innocent. À New York, c'est le top niveau. Ils cèdent au moindre caprice de leurs clients. Il faut simplement que tu t'assures de ne pas attirer l'attention et de ne pas devenir l'un de ces caprices.

Je levai les yeux au ciel.

— Écoute, je porterai l'uniforme. Et comme tu l'as dit ;

c'est le top niveau, là-bas. Si les types d'ici savent qu'ils ne doivent pas nous embêter, je suis sûre que les membres de New York connaissent aussi les règles.

Enfin, Suzy hocha la tête :

— Je suis très contente pour toi, Samara. Je sais qu'avec le salaire de New York et les pourboires, tu te feras sans doute ce que tu gagnes ici en deux semaines, et je sais que tu as besoin de cet argent. Pour être honnête, je suis sans doute un peu jalouse, dit-elle avec un petit sourire. Et n'hésite pas à donner mon numéro si tu trouves des types qui me conviennent. S'ils sont membres du club de New York et que je suis autorisée à sortir avec.

Je hochai la tête et souris à ma meilleure amie.

— Je vais te servir de marieuse personnelle. Qu'est-ce que tu deviendrais sans moi ?

Elle agita nonchalamment les mains.

— Je continuerais à sortir avec des losers, sans doute.

— Tu as eu plus de chance que moi dans ce domaine, dis-je avec une pointe d'amertume dans la voix.

J'aurais bien aimé que les relations à court terme que j'avais enchaînées depuis le début de la fac aient débouché sur plus qu'un passe-temps, mais je m'étais presque résignée à ne plus avoir de rencards. Il y aurait toujours des hommes, mais je ferais mieux de me concentrer sur les cours et sur le travail.

— Pas faux, dit Suzy, en regardant la foule qui commençait à se disperser.

Plus tard dans la soirée les gens se déplacèrent vers les alcôves ou les zones plus intimes. Les salles privées se remplirent rapidement, surtout celles qui accueillaient les voyeurs, avec leurs vitres transparentes. J'avais parcouru ce couloir de nombreuses fois, mais j'étais toujours choquée et excitée lorsque je réalisais que j'étais encerclée par des corps nus qui se tortillaient de plaisir.

Depuis notre poste d'observation au bar principal, nous voyions la pièce principale dans son ensemble, ainsi que la piscine, où quelques personnes se trouvaient, en maillots de bain échancrés ou complètement nus. C'était un sacré spectacle à cette heure de la nuit, mais le bar en lui-même était beaucoup plus calme. Quelques personnes viendraient toujours y chercher des boissons, celles qui avaient déjà consommé ce qu'elles étaient venues chercher au club, ou celles qui traitaient le bar pour ce qu'il était : un endroit où se livrer sur leurs soucis face à une oreille amicale. Et avec Suzy, moi et les autres employées du bar, les clients avaient également une belle vue.

— Ça ne me dérangerait pas d'être avec un mec riche, tu sais, du genre qu'on voit ici, dit Suzy.

Je passai la pièce en revue.

— Tu voudrais vraiment d'un mec qui viendrait ici ?

Elle haussa les épaules en commençant à passer la serpillière dans la zone qui se trouvait derrière le bar.

— Pas ici spécifiquement, bien sûr, vu que c'est interdit. Mais ouais, je crois que ça ne me dérangerait pas de sortir avec l'un des types des autres clubs. Me faire traiter comme une princesse pendant un moment.

Je tournai sept fois la langue dans ma bouche. Personne ne pouvait m'entendre, et je n'aurais rien dit devant les clients, mais j'avais des réserves, concernant ces hommes.

— Ça ne te dérangerait pas... tu sais, leurs goûts ? Certains d'entre eux sont un peu effrayants.

— Je vois de quoi tu parles. Mais il y a quelques gars avec des goûts très classiques. Je suis sûre qu'à New York, il y en a qui viennent seulement pour coucher avec des gens ou regarder. Tout le monde n'aime pas les plugs anaux et les bâillons, mais je ne te juge pas, Samara, dit-elle en riant avec un petit coup de coude.

Je me contentai de sourire et de la repousser.

— Ouais, je ne pense vraiment pas que ce soit mon style.
Suzy m'adressa un demi-sourire.
— Tu ne peux pas savoir sans avoir essayé. Tu n'y as jamais réfléchi ?
— Aux plugs anaux et aux bâillons ?
Suzy leva les yeux au ciel.
— Non, à enfin perdre ta petite fleur. Je ne veux surtout pas te mettre la pression, et je sais que tu as tes raisons, mais pense que ça te ferait du bien de te lâcher un peu. C'est rare, les gens qui ont trouvé leur première fois parfaite. En général, c'est maladroit et gênant.

Je ramassai quelques verres et les plaçai dans un égouttoir, où ils seraient pris pour être lavés plus tard.
— Avec toi, l'amour semble si amusant, Suzy. Franchement, ça donne envie.
Elle leva un doigt.
— Ah, tu vois ! C'est là que tu te trompes. Tu parles d'amour alors que je te parle de bonne vieille baise. De te lâcher un peu et de te taper un mec. Trouve un type un peu plus âgé, assure-toi qu'il sache ce qu'il fait. Il paraît que les mecs qui savent danser sont bons au lit. Mais trouve-t'en un et passe à l'action.

Elle me frotta le bras et poursuivit :
— Tu as un corps de déesse ! Il y a des dizaines de mecs ici chaque soir qui tueraient pour coucher avec toi. Et s'ils savaient que tu étais vierge... Nom de Dieu, Samara. Les hommes vénèrent les femmes dans cette situation.

Je la regardai d'un air renfrogné. Elle savait très bien que ce n'était pas la réaction à laquelle j'avais fait face quand les hommes avec qui je sortais découvraient que je n'avais jamais fait l'amour.
— Euh, tu rigoles ? Pas du tout. Aucun des mecs avec qui je suis sortie ne trouvait ça attirant. Ou alors ils me mettaient tellement la pression que je devais les quitter.

— C'est parce que tu sors avec des garçons, ma belle. Il est temps que tu te trouves un homme avec qui sortir. Je suis sérieuse. Il te faut un gentleman bien mûr qui sait ce qu'il fait. Ouvre bien les yeux à New York. Ces endroits sont pleins d'hommes d'affaires. Il faut que tu t'en trouves un prêt à t'aider, et que tu ne le laisses plus jamais partir.

CHAPITRE 3

Le lendemain soir, le trajet en métro jusqu'à New York fut long et dépaysant. J'aurais pu y aller en voiture, mais ç'aurait été un cauchemar. J'avais trouvé une carte du métro sur mon téléphone et je la regardais une fois de temps en temps pour m'assurer de ne pas rater mon arrêt. Peu désireuse de passer pour une touriste, je baissais la tête et faisais semblant de savoir ce que je faisais, même si j'étais un peu effrayée à l'idée d'aller à New York toute seule. Ce n'était pas quelque chose que je faisais souvent, et même si j'avais confiance en mes capacités, je ne pouvais pas baisser ma garde et oublier le genre de crimes dont les femmes étaient parfois victimes dans les transports publics.

J'en eus la preuve quelques arrêts plus tard, lorsqu'un homme mûr entra dans le métro et se plaça face à mon siège, son entrejambe presque collé à mon visage. Je me levai et m'éloignai, tout ça pour m'apercevoir qu'il me suivait. Sans connaître ses intentions - était-ce un simple pervers, ou un vrai criminel ? -, je me plaçai à côté d'une autre femme et regardai l'homme alors qu'il s'arrêtait et me fixait des yeux avec un grand sourire brillant de quelques dents en or au visage.

Prendre le métro en tenue de travail avait été une erreur. Mes bas résille, mes talons et ma minijupe envoyaient un message très clair aux usagers, et j'espérais que s'ils me prenaient pour ce que je n'étais pas, ils penseraient au moins que j'étais une escorte de luxe. Durant tout le trajet, j'ignorai leurs regards indésirables, et lorsque j'arrivai à mon arrêt, je bondis et me dépêchai de passer les portes, avant de sortir sur le quai et de monter les marches jusqu'à la rue.

Le Club V ne se trouvait qu'à quelques pâtés de maisons de l'arrêt de métro, et je m'y rendis très rapidement sans presque aucun regard déplacé de la part des passants. Ce Club V, tout comme celui dans lequel je travaillais, avait un extérieur sobre. Ici, il s'agissait sans doute plus d'une volonté de discrétion, car nombre de leurs clients faisaient partie de l'élite. Bien sûr, dans le New Jersey, nous recevions souvent des membres de familles mafieuses, mais ici, ils accueillaient des acteurs, des diplomates, des journalistes célèbres et des hommes politiques venus en ville pour faire leur promo.

Le Club V de New York se trouvait dans une ancienne usine de textile. Il comportait un étage, et chaque niveau avait des plafonds très hauts, avec les fenêtres gigantesques des usines construites plus d'un siècle plus tôt. La plupart des vitres semblaient avoir été noircies de l'intérieur pour préserver l'ambiance pour laquelle le Club V était célèbre, mais la beauté du vieux bâtiment était plutôt éblouissante, vue de l'extérieur. À l'exception des mots « CLUB V » sur une plaque gravée à côté de la porte d'entrée, personne n'aurait pu deviner ce qui se passait derrière ces murs. J'avais le sentiment que même avec la plaque, beaucoup l'ignoraient toujours, car il était impossible de trouver beaucoup d'informations à propos de ce club sur internet. Je le savais, car j'avais essayé plusieurs fois, avant d'accepter d'y travailler un an plus tôt.

Je fis le tour et appuyai sur l'interphone de l'entrée du personnel.

— Oui ? fit une voix à l'autre bout du fil.

— Euh... bonsoir. Je suis Samara, Samara Tanza. Du club du New Jersey. Je suis ici pour tenir le bar ce soir.

Il y eut un silence, et durant un instant, je me demandai si l'on allait me dire de partir et redoutai de reprendre le métro.

— D'accord, d'accord. Je vous fais entrer.

Il y eut un bourdonnement et un clic, et je pus ouvrir la lourde porte qui me séparait du Club V. Elle était si lourde qu'elle se referma derrière moi rapidement et avec force, me poussant dans la petite entrée. Je me retrouvai dans le noir complet durant un moment, et je dus laisser à mes yeux une seconde pour m'ajuster à l'absence de lumière. Au bout de quelques instants, il m'apparut que la pièce n'était pas vraiment plongée dans le noir, mais qu'elle était simplement tamisée, surtout dans cette partie du club.

Une femme vêtue d'une robe rouge courte et ultramoulante sortit de nulle part et me sourit, avant de me tendre la main pour me saluer.

— Samara... enchantée de te rencontrer. Je suis Elle, et je supervise les employés. Suis-moi. Jake voulait te voir avant de t'envoyer avec l'une de nos meilleures barmaids.

J'ignorais qui était Jake, mais je me dis qu'il s'agissait sans doute de la version new-yorkaise de Stew, et je suivis Elle dans le couloir, jusqu'à l'un des bureaux.

— Jake est l'un des copropriétaires du club. Il voulait simplement te faire un petit topo sur le fonctionnement des lieux et t'informer des attentes du club de New York. Je suis sûre qu'elles doivent être semblables à celles du New Jersey, mais il pourrait y avoir quelques différences. Nous sommes fiers de notre liste de membres d'exception, et nous faisons tout notre possible pour protéger leur intimité. Je pense que tu comprends où je veux en venir.

Je hochai la tête, avant de réaliser qu'elle ne pouvait pas me voir alors que je la suivais, et de dire :

— Oh, bien sûr. Évidemment. Oui, on ne parle jamais des clients hors du club.

— Super, répondit Elle avec un sourire dans la voix. Je suis sûr qu'apprendre à connaître Jake te fera très plaisir. Voilà son bureau.

Le bureau en question se trouvait tout au bout du couloir, et la porte s'ouvrait pour révéler plusieurs de ces fenêtres gigantesques que j'avais vues de l'extérieur, sauf que celles-ci n'étaient pas couvertes et que la lumière du soir filtrait dans la pièce sombre.

— Jake, je te présente Samara, dit Elle.

Elle sourit et ferma la porte derrière elle, me laissant debout dans la pièce alors que Jake pivotait lentement dans son siège de bureau et qu'il se levait pour me saluer.

Debout les mains dans les poches, il sourit, vêtu d'un costume gris clair fait sur mesure qui lui allait à merveille. C'était un homme de grande taille, magnifique avec ses cheveux d'un noir de jais, ses lèvres pulpeuses, sa peau olivâtre et ses yeux d'une teinte entre le bleu et le gris.

Silencieuse, je réalisai que j'étais en train de le reluquer, et que c'était réciproque. Sans savoir qui était censé prendre la parole en premier, je dis enfin :

— Bonsoir... Jake.

Il hocha la tête.

— J'aime rencontrer tous les nouveaux employés. Simplement pour savoir qui travaille à quel étage et qui pourrait avoir besoin d'aide.

Il fit le tour de son bureau et s'approcha pour me saluer, la main tendue pour serrer la mienne.

— Samara ? Joli prénom.

Ses mots étaient comme du sirop. J'étais persuadée qu'il avait une pointe d'accent, et cela ne faisait que rendre cet homme incroyablement beau et musclé plus séduisant.

— Merci, répondis-je en essayant de me montrer aussi détendue que possible.

Si tout le monde ici était aussi incroyablement beau que Jake, cette soirée allait être très longue, mais extrêmement agréable pour les yeux.

— J'espère que travailler ici vous plaira. Et je ne voudrais pas essayer de vous enlever à l'un de nos autres clubs, mais vous pouvez être sûre qu'une personne de votre calibre sera toujours la bienvenue ici au Club V de New York. On m'a dit que vous étiez une excellente barmaid dans le New Jersey, et vous m'avez été chaudement recommandée.

Je me sentis rougir.

— Eh bien, Stew est très gentil. Ça m'a plu de travailler au Club V cette année, et je ne peux pas imaginer de meilleur lieu de travail.

Jake se frotta le menton d'un air songeur.

— Quels sont vos projets à long terme, concernant votre travail chez nous ?

Personne ne m'avait encore jamais posé la question, sauf Stew lorsqu'il m'avait promue barmaid après quelques mois passés à être serveuse.

— Tenir le bar m'a beaucoup plu. Pour être honnête avec vous, c'est un travail que je fais pour me payer l'université. C'est très efficace. Les pourboires sont excellents, et j'ai pu tout payer moi-même, sans l'aide de mes parents.

Une drôle d'expression sembla passer sur le visage de Jake.

— Quel âge avez-vous ?
— Dix-neuf ans, répondis-je du tac au tac.
— Ouah... Je croyais que tu étais un peu plus âgée que ça. Mais bon, c'est légal quand même.

Cette phrase me décontenança, et je suis certaine d'avoir ouvert de grands yeux.

— Enfin... légal pour être barmaid dans le New Jersey et à New York, ajouta-t-il avec un rire. Mais sérieusement, vous avez déjà eu envie d'aller plus loin ?

Je commençais à comprendre ce que Jake, l'un des copropriétaires du Club V, était en train de me demander. Ce type ne possédait pas seulement cet établissement, mais tous les clubs des États-Unis, et il y en avait désormais un dans chaque État.

Calme-toi, Samara. Il pose la même question à toutes les femmes qui passent sa porte. Maintenant, réponds-lui.

— Vous me demandez... si ça m'intéresserait d'être en salle ?

Être en salle. C'était comme ça qu'on appelait ça. C'était le nom qu'avaient trouvé les femmes qui le faisaient, plutôt que de se montrer plus crues.

— « Je travaille en salle au Club V » était quelque chose que vous pouviez dire en public en ayant l'air respectable, alors qu'en vérité, travailler en salle voulait dire que vous étiez payée pour coucher avec un ou plusieurs hommes, avec différents degrés de BDSM et d'autres actes.

— C'est ce que je vous demande, oui.

J'aurais menti en prétendant que cela ne m'avait jamais traversé l'esprit. Je connaissais les sommes d'argent que les filles gagnaient, et c'était très tentant. Elle avait beau avoir un contrat avec le club, elles étaient également autorisées à entretenir des « relations professionnelles » avec les membres les plus prestigieux en dehors de l'établissement, et le Club V faisait office d'intermédiaire. Tout ça était très confidentiel. Ce qui se passait dans le club était privé, et tout le monde le savait. Personne n'en parlait à l'extérieur. Les membres payaient très cher pour garder ça secret.

Ce que tous les employés savaient, c'était qu'il s'agissait

d'arrangements plus ou moins légaux, et qu'il suffirait d'une descente de police pour que tout s'écroule comme un château de cartes. C'était de la prostitution organisée à grande échelle, ou en tout cas, c'était ainsi que la police et le Gouvernement verraient les choses s'ils mettaient le nez dedans. Mon hypothèse, c'était que le Club V avait harponné un gros poisson, et que c'était ce qui empêchait les établissements d'être perquisitionnés.

Mais avais-je envie de faire ce genre de travail ? Je savais que les filles pouvaient fixer leurs limites. J'aurais très bien pu être en salle à ne rien faire d'autre que m'asseoir sur les genoux de quelques clients, en embrasser un par-ci par-là, peut-être en masturber un de temps en temps. Mais je savais que les femmes qui commençaient en ayant l'intention de ne pas aller trop loin s'y tenaient rarement. Une fois dans le milieu, il était tentant de se laisser aller, surtout lorsque des hommes magnifiques vous offraient à boire et à manger. Lorsqu'ils vous répétaient à quel point ils avaient envie de vous. À quel point ils voulaient vous emmener dans une des pièces privées, de vous écarter les jambes, et de plonger entre vos cuisses. J'avais des frissons rien qu'en y pensant.

Évidemment que je l'avais envisagé. Et je serais peut-être passée à l'acte si je n'avais pas été toujours vierge. C'était l'élément central de mon refus. Je ne m'offrirais pas pour si peu. La paye était bonne, mais pas à ce point-là. Je n'avais pas besoin d'argent à ce point.

Je secouai la tête.

— Non, travailler en salle ne m'intéresse pas pour l'instant.

Il haussa un sourcil.

— Pas pour l'instant, alors à l'avenir, peut-être ?

Je souris et baissai légèrement les yeux.

— Il y a certaines choses dans ma vie personnelle que j'aimerais éclaircir avant d'envisager quelque chose comme ça.

Jake hocha la tête et m'observa d'un air songeur, tout en s'approchant de moi. Je pris une grande inspiration en réalisant que seuls quelques centimètres nous séparaient. J'ignorais si c'était l'effet du club, si j'étais véritablement attirée par cet homme, ou un mélange des deux. Il tendit la main et balaya une mèche de cheveux de mon visage.

— Eh bien, gardez ça à l'esprit, si ça vous intéresse un jour. En ce qui me concerne, ce travail vous tend les bras.

— Je vous remercie.

Sa main se posa doucement sur mon épaule, et je sentis mon cœur s'emballer.

— Il n'y a qu'une seule chose, dit-il en baissant les yeux sur mon chemisier, les sourcils froncés. Vos boutons. Vous permettez ?

Oh, Seigneur, est-ce que j'avais oublié de boutonner l'un d'entre eux ? Était-ce la raison de tous ces regards dans le métro ? J'avais peut-être offert une vue plongeante à tous les usagers.

— Ou... oui... bégayai-je.

D'une main experte, Jake ouvrit deux boutons pour révéler un grand décolleté et un bout de dentelle écarlate de mon soutien-gorge. Puis il reprit sa main et recula poliment.

— Ce sont les règles du Club V de New York : les quatre premiers boutons doivent être ouverts. Vous pouvez emprunter le même couloir, puis tourner à droite. Céleste vous attendra pour vous montrer le bar et son fonctionnement.

Je quittai le bureau de Jake, sous le choc. Je ne savais pas à quoi je m'étais attendu, mais certainement pas à ce qu'il déboutonne mon chemisier. Je n'avais rien trouvé de particulièrement sexuel ou inapproprié à son geste. Honnêtement, balayer ma mèche de cheveux avait sans doute été pire que le déboutonnage en lui même. Ce type n'avait pas laissé paraître d'attirance envers moi. Plus j'y pensais, plus je commençais à croire qu'il sortait la même chose à toutes les filles qui passaient les portes de son club. Bien sûr qu'ils préféreraient que les jeunes femmes travaillent en salle plutôt que derrière le bar.

Et mon âge. Ç'avait été le déclencheur. Je paraissais plus vieille, alors je n'aurais pas attiré le genre d'homme qui aimait les très jeunes femmes, mais savoir que je n'avais que dix-neuf ans en aurait excité beaucoup. Sans compter le fait que j'étais vierge... Je me promis de garder cela pour moi. Suzy était au courant, mais c'était ma meilleure amie, et elle était dans le New Jersey. Ici, personne n'avait besoin de connaître ce petit détail sur ma vie personnelle.

Le bar se trouvait à l'endroit que m'avait indiqué Jake, et je retrouvai Céleste en train de lire un inventaire.

— Bonsoir, Céleste ?

Elle leva les yeux de son porte-documents et sembla à peine agacée d'avoir été interrompue. Je pus rapidement constater que les quatre boutons ouverts étaient effectivement de mise au Club V de New York.

— Tu dois être Samara. Bienvenue derrière mon bar, dit-elle en agitant les mains. C'est mon bar. Il ne faudra pas que tu l'oublies. Je sais que tu fais l'affaire dans ton club, et je suis sûre que ton niveau est très bon, et c'est bien. Mais n'oublie pas que c'est chez moi ici, je suis le coq du poulailler, et même si je me ferai un plaisir de t'aider au début, tu es là pour m'assister. Pas le contraire.

Je hochai la tête.

— Compris.

Elle me regarda de la tête aux pieds.

— Je vois que tu as fait la connaissance de Jake et qu'il t'a mise au courant pour les boutons, dit-elle avant de lever les yeux au ciel. Il est inoffensif, pour la plupart. Je commence à me demander si c'est une blague perso entre lui et les autres propriétaires. Enfin bref, à moins que tu sois prête à t'enfuir et à porter plainte pour harcèlement sexuel, je vais partir du principe que tu es prête à commencer ?

— Ouaip, complètement prête.

Céleste reposa son porte-documents. Elle avait une coupe au carré courte et sévère, et je voyais bien qu'il ne fallait pas trop la chercher.

— Bon, notre fonctionnement est assez standard. Je ne pense pas que tu auras du mal à travailler derrière le bar. Le samedi soir, il y a vraiment beaucoup de clients, et avec les nouvelles pubs, on s'attend à en recevoir deux fois plus que d'habitude. Je ne suis pas sûre qu'ils aient bien réfléchi à tout ça, mais on va devoir faire avec.

Elle semblait exaspérée.

— En plus du reste, certaines de nos filles sont passées en salle ici et au premier étage. Tu travailles au premier étage dans ton club ?

Je secouai la tête.

— Plus maintenant. Avant, j'y travaillais de temps en temps, quand j'ai commencé.

— Ici, ça se présente pareil, si jamais tu dois monter. Une terrasse en plein air, quelques coins plus intimes, et un sky bar.

Le sky bar était l'une des choses qui plaisaient particulièrement aux gens au Club V. Je ne savais pas à quoi cela ressemblerait ici avec l'architecture du bâtiment, mais dans le New Jersey, le sky bar s'ouvrait sur un balcon. De nombreuses personnes se présentaient à la porte et demandaient à entrer, en pensant qu'ils pouvaient simplement se pointer et boire un verre. Cela leur faisait de la publicité, et les membres se trouvaient assez en hauteur pour préserver leur anonymat.

— Dans l'ensemble, tous les clubs fonctionnent à peu près pareil, reprit-elle, sauf que celui de New York est plus grand que les autres. Tu constateras que les choses sont un peu plus piquantes ici que ce dont tu as l'habitude, et je ne sais pas si on t'a prévenue de rester sur tes gardes, mais tu devrais le faire. Je ne dirais pas que les clients d'ici sont agressifs, mais parfois ils se mettent la tête à l'envers et ne font plus la différence entre les serveuses, les barmaids et les filles qui travaillent en salle, même si ça devrait être assez clair.

Je savais ce qu'elle entendait par là. Des filles travaillaient en salle dans le New Jersey, mais ce n'était pas la plus grande part de l'établissement. Transformer le Club V en bordel total serait trop risqué. La plupart des gens se retrouvaient ici pour le sexe. Cela consistait plutôt à se montrer et à trouver des gens qui voulaient s'adonner aux mêmes activités. Les filles qui travaillaient en salle étaient simplement un petit plus qui faisait du club un endroit particulièrement intéressant.

Plusieurs hommes d'affaires approchèrent du bar à cet instant, et le comportement de Céleste changea du tout au tout.

— Messieurs ! Que pouvons-nous faire pour vous ce soir ?

Elle avait un sourire coquin et elle adressa un clin d'œil aux hommes tandis qu'ils se collaient au bar. Nous prîmes leur commande, commençâmes à préparer leurs cocktails, et Céleste se tourna vers moi pour me parler à voix basse :

— Tu t'en sortiras très bien. Cet endroit est plus grand, les gens plus importants, mais ton boulot reste le même.

Elle regarda la foule et ajouta :

— Mais reste aux aguets. Je pense que la nuit va être difficile.

— Cece ? On n'a plus de vermouth, lança l'une des barmaids à l'autre bout du bar.

Je mis une minute à réaliser qu'elle s'adressait à Céleste. La soirée avait été très animée, avec beaucoup de commandes de martini, et visiblement, nous étions à court d'un ingrédient essentiel.

— Va voir dans la réserve, répondit-elle en essayant de garder un visage souriant pour les clients qui se tenaient devant elle.

C'était une experte derrière le bar, et il n'était pas étonnant que les hommes aiment s'approcher d'elle le plus possible. Elle avait de l'esprit et une légère insolence qui leur donnaient envie de lui parler, mais elle était totalement inaccessible. Au cours de la soirée, je découvris qu'elle était heureuse en ménage avec son épouse, avec laquelle elle avait deux enfants adorables.

— Nan, c'est là que j'ai trouvé cette bouteille, dit la barmaid en brandissant la bouteille de vermouth vide. C'était la dernière.

— Eh merde, jura Céleste à voix basse. Assure-toi d'en commander d'autre lundi. Samara...

Elle se tourna vers moi et plissa les yeux, puis ajouta :

— Je crois savoir où se trouvent d'autres bouteilles, mais ce sera dans l'une des réserves du premier étage. Je les appellerais bien pour qu'on m'en rapporte, mais ils ne répondent jamais au téléphone, au sky bar. Retourne dans les réserves, prend le monte-charge jusqu'au premier étage, et il te conduira dans un couloir. Prends à droite, puis à gauche, et il y aura une porte à ta gauche. Regarde là-dedans s'il y a du vermouth. Sinon, va en voler une ou deux bouteilles au sky bar.

— Compris, dis-je en me faufilant derrière les autres barmaids pour me rendre dans les réserves. Le monte-charge était facile à trouver, et il monta comme une fusée lorsque je pressai le bouton nécessaire. Il me mena à l'endroit indiqué par Céleste, mais une fois dans le couloir, j'avais déjà oublié le reste de ses instructions. Il fallait tourner à droite, puis à gauche, puis prendre une porte sur la gauche ?

Je remontai le couloir et tournai à gauche, mais au lieu de trouver une porte, je tombai sur un autre couloir à droite, puis un à gauche. Si je continuais tout droit, je me retrouverais dans la salle principale du premier étage. Je tournai à gauche, pour m'éloigner de la musique que le DJ passait à plein volume, et je trouvai enfin une porte. Elle n'était pas située à gauche, ce qui me perturba, mais je l'ouvris et me glissai dans la pénombre. C'était sans doute une réserve.

Je tâtonnais contre les murs pour trouver un interrupteur, mais ne trouvai rien. Mon téléphone se trouvait dans ma poche et pourrait me servir de lampe torche au besoin, mais je tendis les bras devant moi pour voir devant quoi je me tenais.

Mes mains se posèrent sur du velours et traversèrent un rideau. Soudain, je réalisai que l'endroit où je me trouvais était bien plus vaste qu'une réserve. Lorsque je dépassai le rideau et me retrouvai dans une pièce à la lumière tamisée, je compris que je m'étais trompée de chemin, mais j'étais trop choquée par ce que j'avais sous les yeux pour tourner les talons et m'enfuir.

CHAPITRE 4

Une partie de moi se demandait ce que je voyais, tandis qu'une autre partie le savait très bien.

Au fond de la grande pièce se tenait une estrade, et sur cette estrade se tenaient cinq femmes complètement nues, toutes avec des colliers. Un commissaire-priseur prenait les enchères sur l'une des femmes, située au centre de la scène. Tout le processus semblait parfaitement civilisé alors que je regardais les messieurs assis dans la pièce dans des canapés placés en arc de cercle, certains seuls, d'autres avec des femmes, certains avec ce qui semblait être leurs associés.

— Voici Clara, lut le commissaire-priseur dans un journal relié en cuir sur un podium. Elle a vingt-deux ans, est en dernière année de fac à l'université de New York, et fait de la danse classique depuis dix-sept ans. Tourne-toi pour nous, Clara.

Je regardai Clara faire ce qu'on lui ordonnait, complètement subjuguée et horrifiée par ce que je voyais et entendais. Ils étaient vraiment en train de vendre des femmes aux enchères au premier étage du Club V.

— Clara, comme toutes les magnifiques jeunes femmes ici

présentes ce soir, respecte toutes les conditions habituelles. Elle est vierge, et comme vous pouvez le voir grâce à son collier émeraude, elle est prête à participer à des rapports sexuels, un petit peu de bondage, et... la sodomie ? Tu acceptes la sodomie, Clara ?

Clara se tourna et sourit timidement au commissaire-priseur et à la foule, puis hocha la tête.

— Ah, très bien. Et si tu te penchais en avant pour nos enchérisseurs ?

J'observai la scène, fascinée, alors que Clara se penchait en avant et écartait les fesses, montrant aux enchérisseurs potentiels son derrière et son sexe. J'avais du mal à en croire mes yeux. J'avais envie de fuir, de quitter la pièce sans que personne ne me voie, mais quelque chose dans tout cela était si... choquant et captivant, que j'avais presque envie de regarder jusqu'au bout.

— Très joli, Clara. Tu peux te retourner, maintenant. Vous verrez que Clara à des seins de petite taille, 80 A. Elle fait attention à sa silhouette et le bondage doit être pratiqué avec précaution afin de ne pas lui faire de bleus, car elle donne un ballet dans un moins d'un mois.

Le commissaire-priseur parcourut la foule des yeux, puis poursuivit :

— Ça veut dire que vous feriez mieux de ne pas enchérir, Monsieur Delaney.

Quelques membres de l'assistance rirent en entendant cela, puis le commissaire-priseur lança l'enchère.

À ce stade, j'en avais vu assez. Je n'arrivais pas à y croire, que toutes les rumeurs étaient vraies, et qu'ils enchérissaient pour des vierges au premier étage du Club V. Il fallait que je sorte de là et vite, avant que quelqu'un me remarque, debout là à observer ce processus à peine légal.

Je tournai les talons et rentrai immédiatement dans un mur de briques que je ne me souvenais pas avoir vu en entrant, avant de réaliser qu'il ne s'agissait pas d'un mur, mais de l'un des hommes les plus baraqués que j'aie jamais vus, et dans la lumière tamisée, je déchiffrai son badge qui disait « Carl ».

— Comment vous êtes entrée ? murmura-t-il d'un air grognon en m'attrapant par le bras et en me faisant retraverser le rideau de velours, puis la porte, pour rejoindre le couloir.

— Je cherchais...

— Et vous avez trouvé ce que vous cherchiez ? Qu'est-ce que vous croyez faire, à fouiner comme ça là-haut ? Vous savez que vous êtes pas supposée aller dans cette partie du club. Je sais pas pour qui vous vous prenez, mais je vous emmène dans le bureau de Vance tout de suite.

Mon cœur battait la chamade alors que le videur me faisait traverser le couloir dans l'autre sens et me menait à un autre ascenseur, qui nous conduisit droit vers le couloir qui menait aux bureaux. Carl refusait de croire à mes explications.

— Vous vous expliquerez avec Vance. Vous savez que vous avez rien à faire là-haut. C'est une zone privée. Vous allez perdre votre boulot, à cause de ça.

Furieuse et au bord des larmes, je croisai les bras sur la poitrine et réalisai que je devais ressembler à une gamine boudeuse, mais je refusais que ce videur me traite ainsi. Je m'expliquerais avec ce Vance, ou avec Jake, si je parvenais à le trouver. Je demanderais à Céleste de témoigner pour moi. Je cherchais simplement du vermouth !

La porte de l'un des bureaux était entrouverte, et Carl frappa avant de me guider à l'intérieur.

— Monsieur Vance, celle-ci était dans la salle des enchères.

— Oh, vraiment ? dit l'homme en quittant son grand bureau des yeux, visiblement amusé de me voir à côté du gigantesque Carl. Je me demande comment cette petite souris a réussi à se frayer un chemin jusque là. Vous essayiez de vous présenter sur l'estrade ?

— Je peux vous expliquer... commençai-je.

Il me coupa :

— J'en suis sûr. Carl, merci de me l'avoir amenée. Vous pouvez remonter, au cas où d'autres personnes tenteraient de s'infiltrer dans la salle des enchères.

— Bien, Monsieur, dit Carl en se tournant et en me laissant dans le bureau avec Vance.

— Entre. Assieds-toi.

Je suivis ses instructions, désireuse de faire le nécessaire pour garder mon travail. Il allait clairement me falloir un moment pour m'expliquer, mais je savais qu'à l'instant où Céleste viendrait corroborer ma version des faits, tout s'arrangerait.

Je m'assis face à Vance, et à présent que je me trouvais plus près, j'apercevais à quel point cet homme, qui devait être un manager ou l'un des autres copropriétaires, avait une apparence parfaite. Il avait les cheveux bruns et la barbe mal rasée, juste assez pour lui donner l'air sexy et légèrement débraillé. Ses yeux étaient d'un bleu profond remarquable, et le reste lui donnait l'air d'une statue grecque. Ou en tout cas, d'une statue grecque avec des vêtements. Bon sang, il était canon !

Il remarqua que je le reluquais, et il sourit.

— Comment tu t'appelles ?

— Samara Tanza.

— Et que fais-tu ici ce soir, Samara Tanza ? Ça alors, ton nom me roule sur la langue.

Je croisai les bras et tentai de rester la plus impassible possible.

— Je tiens le bar. Je viens du club du New Jersey, et on m'a fait venir ici pour assister vos barmaids.

Il hocha la tête.

— Très bien. Que penses-tu du club de New York ? Comparé à celui du New Jersey ?

Il semblait essayer d'affecter un accent du New Jersey, et cela ne m'impressionna pas le moins du monde. En fait, je détestais quand les gens se moquaient ou critiquaient l'endroit qui me servait de foyer. Les préjugés des New-Yorkais envers mon État étaient déjà assez difficiles à surmonter comme ça, mais les moqueries de cet homme dépassaient les bornes.

— Franchement ? répondis-je. Je préfère le New Jersey.

Il rit.

— C'est un endroit super. Il se trouve que j'aime beaucoup cet État. J'ai de la famille qui y vit. Alors, tu veux bien m'expliquer comment tu as trouvé le moyen de te retrouver à notre événement le plus exclusif et privé ?

Je haussai les épaules.

— C'était un accident. On n'avait plus de vermouth, et Céleste m'a envoyée dans la réserve du premier étage pour en chercher. J'ai pris le mauvais chemin... plusieurs mauvais chemins, sans doute, et j'ai atterri là-bas.

— Et qu'as-tu vu ?

Je poussai un long soupir.

— Beaucoup de choses. Plus que je n'aurais voulu en voir.

— D'accord, mais...

Il marqua une pause et me lança un long regard.

— Est-ce que tu as compris ce que tu as vu dans cette pièce ?

Il croyait que j'étais née de la dernière pluie, ou quoi ? Comment quelqu'un aurait pu voir ça et ne pas comprendre ce qui se passait ?

— J'ai vu une fille nommée Clara vendre sa virginité au plus offrant, dis-je d'un ton qui indiquait clairement ce que je pensais de son interrogatoire.

M. Vance hocha la tête. Il réalisait que je ne venais pas de débarquer sur Terre et que je savais ce qui se passait.

— Ah oui, Clara. Je lui ai fait passer un entretien. Gentille fille, elle ira loin, dit-il avant de me regarder avec un sourire diabolique. Tu as vu qui l'avait achetée ?

— Je ne suis pas restée assez longtemps pour le découvrir, répondis-je d'un ton sec.

— Sûrement le prince. Il adore les ballerines. Normalement, on ne laisse personne enchérir plus de quelques fois par an, mais il est très constant, et nos prix ne le font pas reculer, alors comment pourrais-je lui dire non ?

Vance se tapota doucement les lèvres de ses longs doigts fins, comme s'il réfléchissait à sa propre question.

J'avais la bouche grande ouverte, et je fermai les mâchoires, peu désireuse de laisser transparaître ce que je pensais réellement de cet arrangement. J'estimais que les femmes pouvaient faire ce qu'elles voulaient de leur corps, mais j'avais du mal à croire qu'une femme puisse offrir sa virginité à un parfait inconnu. Sauf que dans le cas présent, elle gagnerait des tonnes d'argent, et que je savais comme cela pouvait être tentant. N'étais-je pas moi-même passée par là ? Je n'aurais jamais passé les portes du Club V si Suzy ne m'avait pas encouragé à le faire, et si je n'avais pas été sur la paille.

— Tu as des questions, Samara ? demanda-t-il en joignant les doigts sous le menton pour soutenir mon regard.

— À quel propos ?

— À propos de notre façon de faire, de ce que nous faisons ici, ou de comment ça marche, à l'étage. Et au fait, je m'appelle Neil. Tu peux m'appeler comme ça, si tu veux.

Je me mordis la lèvre, puis je pris la parole :

— J'ai du mal à croire qu'une jeune femme voudrait vraiment se donner à un homme comme ça, sauf si énormément d'argent était en jeu. On dirait qu'il y a contrainte.

— Je comprends que tu puisses penser cela, répondit-il. La vérité, c'est que tous les enchérisseurs sont sélectionnés avec soin, ainsi que les femmes qui se présentent dans la salle d'enchères. Personne n'est forcé à quoi que ce soit. Tout le monde est là de son plein gré. Et il me plaît de penser que tout le monde est content en quittant la pièce. Et plus encore quelque temps plus tard, je l'espère, dit Neil avec un sourire rusé.

— Je sais que certaines circonstances poussent certaines personnes à prendre ce genre de décision, mais c'était juste... différent, de voir ça en vrai. Je ne sais pas à quoi je m'attendais, mais certainement pas à ça.

Neil hocha la tête.

— Alors je te conseillerais d'oublier tout ce que tu as vu. Fais comme si tu n'avais jamais quitté le bar ce soir. Je demanderai à quelqu'un d'aller te chercher le vermouth, et tu diras à Céleste que tu étais avec moi. Ça devrait t'éviter les ennuis... enfin, la plupart des ennuis que tu pourrais t'attirer avec elle. Pour être honnête avec toi, Céleste n'en fait qu'à sa tête, ici, dit-il en riant. Non, mais sérieusement, oublie ce que tu as vu. À moins que...

— À moins que quoi ? demandai-je, les sourcils froncés.

Il baissa le ton, et j'aurais pu jurer que sa voix, déjà sexy, était devenue plus rauque.

— À moins que tu aies aimé ce que tu as vu.

— Ha ! C'est ça, rétorquai-je.

Presque comme si c'était fait exprès, et de façon complètement inattendue, une femme passa la porte. Et comme les femmes sur l'estrade à l'étage, elle était complètement nue, à l'exception de son collier. Le sien était en diamant, là où celui de Carla avait été en émeraude. Mais ce n'était pas le collier qui attirait le plus l'attention. Alors qu'elle pénétrait dans le bureau de Neil avec un plateau sur lequel était posé un verre, ses seins rebondirent, ses tétons rose foncé pointus et complètement au garde-à-vous. Elle était parfaite, et sa peau lisse était totalement dénuée de poils. Ses lèvres étaient du même rouge sombre qui couvrait la plupart des surfaces du Club V, mais sinon, elle portait très peu de maquillage, et ses longs cheveux blonds étaient ramenés en arrière dans une queue de cheval serrée.

— Monsieur Vance, dit-elle en approchant de son bureau pour y poser la boisson.

— Merci, ma belle. Samara, voici Asia. Elle travaille au premier étage, et de temps à autre, elle aime m'apporter à boire. Quand je lui dis de le faire.

Neil donna une claque sur les fesses d'Asia, et elle gloussa, avant de se mordre la lèvre comme pour se retenir.

J'adressai un signe de tête poli à Asia, mais gardai les yeux sur Neil. Cette femme était très séduisante et il était difficile de ne pas regarder son corps nu, mais je ne voulais pas que Neil pense qu'il exerçait le moindre contrôle sur moi.

— Revenons-en à notre discussion, dit-il. Tu es sûre que ce que tu as vu ne t'a pas plu du tout, Samara ? Tu es sûre que rien de tout ça ne t'a intéressée ?

Je secouai la tête et sentis la moiteur de ma culotte. Je refusais d'admettre que durant un bref instant, alors que je regardais Clara s'offrir à ces enchérisseurs, je m'étais imaginé ce que ça ferait d'être sur l'estrade, à écarter les jambes devant les hommes et les femmes qui observaient. Ce que ça ferait d'être présentée à la vue de tous, d'écouter les gens enchérir et se battre pour pouvoir me posséder pour la première fois.

— Non, pas du tout, répondis-je à brûle-pourpoint.

Neil plissa les yeux et prit une gorgée de son verre. Puis, sans me quitter des yeux, il glissa un doigt entre les petites lèvres d'Asia. Je dus lutter pour rester impassible, mais je dus agripper les accoudoirs de mon siège pour ne pas tomber à la renverse.

Il se mit à la caresser, et je ne pus m'empêcher de regarder entre ses jambes pour voir qu'elle était déjà toute mouillée, et que le doigt de Neil était couvert de ses fluides. Elle avait fermé les yeux, et elle se pinçait les tétons alors qu'il lui caressait le clitoris en rythme.

Je clignai des yeux et regardai de nouveau Neil.

Il me sourit et haussa un sourcil.

— Tu ne te demandes pas ce qui est en train d'arriver à Clara là-haut ? Si elle se fait bien baiser par quelqu'un qui sait y faire ? Tu imagines... La première fois d'une femme avec quelqu'un qui sait exactement quoi faire pour lui faire plaisir ? Très peu d'entre elles ont cette chance. Franchement, ça doit être une sensation incroyable, d'être avec quelqu'un qui prend son temps avec toi, qui t'emmène au bord du précipice encore et encore, avant d'enfin te laisser basculer... alors qu'il te pénètre.

Je m'éclaircis la gorge. Asia gémissait de façon sonore, désormais, et je tentais de ne pas me tortiller sur ma chaise. J'étais trempée, et je savais que cette sensation avait commencé au moment où j'avais vu les filles sur l'estrade à l'étage. À présent, alors que je regardais cet homme sublime doigter l'une des plus belles femmes que j'avais jamais vues, je parvenais à peine à me retenir de baisser la main et de...

— Est-ce que ça va, Samara ? Tu es un peu rouge.

Il agita énergiquement les doigts en Asia, et en un instant, elle se retrouva à se tortiller contre sa main, en se mordant la lèvre pour s'empêcher de crier alors qu'elle jouissait.

— Je crois qu'on a fini, ici, dis-je, mais j'attendis qu'il me dise que je pouvais partir.

— Toi, tu as peut-être fini, rétorqua Neil avec un sourire. Mais je crois qu'Asia et moi ne faisons que commencer.

De sa main libre, il sortit une carte de visite et me la tendit, les deux doigts de son autre main toujours enfoncés en Asia.

— Samara, si tu as besoin de quoi que ce soit, n'hésite pas à m'appeler. Je suis sérieux. Quoi que ce soit.

Il m'adressa un clin d'œil, et sur ces entrefaites, je me levai et me tournai pour partir, désireuse de m'éloigner de son bureau et de la scène qui allait se jouer entre lui et la serveuse. Je fis un petit détour, en prenant garde au chemin que je prenais cette fois-ci, et je trouvai les toilettes les plus poches. Je me dépêchai d'y entrer, refermai la porte derrière moi et la fermai à clé. Il n'y avait qu'une toilette à l'intérieur, sans doute destiné aux employées, et je fus reconnaissante pour ce moment d'intimité.

À quoi venais-je d'assister, et pourquoi cela me faisait-il cet effet-là ? Je tentai de chasser mes émotions, mais j'étais très excitée, et je savais que je serais incapable de terminer le service si je ne me débarrassais pas de cette excitation.

Mes tétons étaient durs comme du bois, et je les pinçai à travers mon chemisier. C'était agréable, mais je ne pouvais qu'imaginer ce que ça ferait d'avoir les lèvres de Neil, ou même celles d'Asia, autour de la chair tendue.

Je soulevai ma jupe et mis la main dans ma culotte trempée pour la placer sur mon clitoris gonflé. Sans attendre, je me caressai vite et fort, et il ne me fallut pas longtemps pour sentir la chaleur de l'orgasme qui débutait s'écraser sur moi avec un halètement. Je me regardai dans le miroir, et je songeai à la chance que les hommes de l'étage auraient de m'avoir, même si je n'aurais jamais fait une chose pareille.

Je me lavai les mains et repris une contenance avant de regagner le bar. Là, je retrouvai une Céleste exaspérée. Mais Neil n'avait pas menti. Elle avait quelques bouteilles de vermouth en sa possession, et désormais, tous les types qui voulaient se prendre pour James Bond étaient satisfaits et contents, leurs martinis à la main. Lorsque Céleste m'aperçut, elle plissa les yeux.

— J'étais avec Neil... M. Vance.

Je n'avais pas réalisé qu'il s'agissait de mots magiques, mais le visage de Céleste s'adoucit et elle hocha la tête, mais elle avait toujours un regard interrogateur.

— Tout va bien ?

Je lui adressai un hochement de tête.

— Oui, ça va. Désolée pour le vermouth. Il y a eu un micmac.

Céleste balaya mes inquiétudes de la main, et nous finîmes le service du samedi soir ensemble. Je n'avais jamais été si heureuse de terminer le travail et de rentrer dans le New Jersey que je ne le fus le lendemain matin, alors que l'aube pointait à l'horizon.

CHAPITRE 5

J'entrai dans la cabine de douche en verre et me plaçai sous le jet chaud, me délectant sous les trombes d'eau brûlante qui couraient sur ma peau. Je laissai l'eau me glisser sur le visage, en réfléchissant à ce que ça ferait d'offrir ma virginité, m'en émerveillant après ce que j'avais vu au Club V de New York. Je n'arrivais pas à chasser cette image de mon esprit. Je levai les bras et commençai à me laver les cheveux, transformant le shampooing en mousse crémeuse dans mes longues mèches. Je fermai les yeux et me mis à fredonner une vieille chanson, lorsque le bruit de la douche étouffa le don de la porte de la salle de bains.

Presque, mais pas tout à fait.

Je gardai les yeux fermés alors que j'entendais la porte en verre s'ouvrir avec un tout petit clic, avant de se refermer. Des mains puissantes se mirent à caresser mon corps, à y étaler un gel-douche hydratant et odorant. Chaque partie de moi était soudain en feu sous ces doigts, et je mouillai instantanément, une chaleur qui n'avait rien à voir avec l'eau submergeant mon entrejambe.

C'était lui.

J'avais déjà imaginé son contact.

Je le désirais.

Je tendis légèrement les fesses en arrière, et je fus récompensée - à ma grande surprise - par un petit coup de langue entre mes fesses. Je frissonnai de plaisir ; il devait s'être agenouillé derrière moi.

J'étais avide de la sensation de sa langue contre mon anus. Je gémis de plaisir alors qu'il passait l'une de ses mains puissantes le long de ma cuisse pour la poser sur ma vulve, le pouce fermement glissé entre mes petites lèvres.

Oh la vache !

Son contact était si bon. Je plaçai les deux mains contre le mur et écartai davantage les jambes, pour lui donner un meilleur accès à mon vagin. Sa langue ne cessa jamais sa lente torture, pressée contre mon entrée serrée, cherchant un passage, avant de se retirer et de me lécher.

Mes tétons étaient douloureusement durs, le signe qu'un orgasme pointait. De longues mèches me tombaient sur le visage, bougeant en rythme chaque fois que je renversais la tête à cause du plaisir qu'il me donnait.

Son pouce ne bougea jamais, alors je me mis à m'y frotter, en rythme avec sa langue, savourant la façon dont son doigt effleurait mon clitoris gonflé.

Oh, putain. J'y étais presque.

Ma respiration devint saccadée, et mes hanches se mirent à onduler d'elles-mêmes. Mes soupirs étaient sonores, à présent que j'étais libre de tout besoin de me maîtriser pour lui. J'étais simplement devenue une créature de désir pur.

D'une façon ou d'une autre, il le savait, car il se leva et me pénétra, son membre long et dur m'emplissant si brusquement, étirant mes parois vierges, que je poussai un cri de plaisir alors que mon orgasme me déchirait le corps.

Je m'appuyai au mur carrelé mouillé pour ne pas tomber,

les jambes en coton à cause des sensations que je vivais alors que mon corps haletait de plaisir. Il se mit à entrer en moi et à sortir, me refusant volontairement le moindre soulagement pour me libérer de ses propres actions. Il me conduisait vers un nouvel orgasme.

Le pire et le meilleur dans tout ça, c'était qu'il semblait complètement immunisé contre le plaisir enivrant que nous avions atteint. Je tentai de tenir plus longtemps que lui, mais c'était peine perdue. Avant qu'il ne se fatigue un tant soit peu, je le suppliais déjà de me donner un autre orgasme... pour la deuxième fois.

Agrippée au mur carrelé, mon sexe pulsant de désir et de plaisir, l'odeur de sexe mêlé à la brume chaude de la douche, je me demandai comment il savait manier mon corps ainsi. Je m'en fichais, du moment que je jouissais à nouveau.

Il bougea lentement en moi, avec des gestes délibérés, se servant de son membre pour caresser mes parois internes, frôlant les limites de mon précédant orgasme, me refusant la moindre pause dans les sensations tout en évitant de me stimuler.

Bon sang, c'était tellement bon, et j'avais envie de jouir immédiatement, mais il était clair qu'il ne m'accorderait pas cela. Avec une main entre mes jambes, un doigt sur mon clitoris gonflé, et l'autre main sur ma hanche pour me soutenir, il était dans la position parfaite pour me tourmenter ainsi pendant des heures. Je savais qu'en dépit de ce que mon corps désirait plus que tout, il se satisferait parfaitement de me garder dans cet état post-orgasmique pendant une heure de plus, jusqu'à ce que je le supplie de m'accorder un orgasme en sanglotant.

Il tapota mon clitoris du doigt à plusieurs reprises, et j'aurais juré avoir vu des étoiles. Bon sang, c'était incroyable, mais j'avais besoin de jouir à nouveau. Mais là, en cet instant, le sexe profondément enfoncé dans les replis mouillés, les oreilles pleines de mes halètements et de mes gémissements, ses mains sur moi, me guidant autour de la douce libération plutôt que vers elle, je savais que je n'aurais pas le droit à ce soulagement.

La privation qu'il m'imposait me faisait mal et me faisait frissonner de plaisir à la fois. Il me montrait comment m'en remettre totalement à lui.

Il contrôlait mon corps de toutes les façons possibles, d'un seul contact. Je posai le visage sur les carreaux frais et réalisai qu'il ne me restait qu'une chose à faire pour obtenir ce que je voulais.

Le supplier.

J'ouvris les paupières alors que le soleil s'imposait à ma conscience, me tirant de mes rêves. Nom de Dieu ! J'avais encore rêvé, imaginé le rapport sexuel le plus excitant possible. Je souris dans mon oreiller. Ce rêve avait été impressionnant, et ma culotte était trempée. J'avais eu un orgasme dans mon sommeil. Bon sang. Ces rêves me harcelaient depuis que j'avais vu la salle des enchères. Cette fille exposée à la vue de tous.

*I*l était temps que je revienne sur Terre, ou j'allais perdre la tête !

~

Six mois plus tard, peu de choses avaient changé au Club V du New Jersey. Je m'y rendais toujours pour chaque jour de travail et je m'occupais du bar, seule lorsque Suzy n'était pas là, où avec elle si elle était présente. Nous formions une équipe de choc aux yeux de la direction, et nous avions été généreusement augmentées depuis que nous avions commencé à y travailler.

— Je me demande comment je vais faire pour avoir un travail normal ensuite, dit Suzy en riant, les sourcils froncés. On ne reçoit pas de pourboires dans les bureaux, si ?

— Peut-être pas, mais si tu te tiens bien, tu as parfois droit à une voiture de service. Oh, et à des primes de Noël !

— D'accord, c'est mieux.

— Mais au bureau, personne n'a le droit de te glisser cinquante dollars entre les seins. Ou s'ils le font, tu peux porter plainte et transformer ça en un demi-million de dollars.

Suzy s'esclaffa de nouveau.

— Sérieusement, Samara, tu me fais envie, là.

— Les filles, ce n'est pas aussi bien qu'il y paraît, intervint Tommy Rollins de l'autre côté du bar. Quelles que soient les apparences, croyez-moi, il y a une autre facette à tout ça. Vous savez, quand vous voyez tous ces gens... tous ces types qui viennent ici, vous croyez qu'ils ont tout. Je vais vous dire une chose. Ces types ont que dalle.

Tommy Rollins, banquier en investissement à succès, était bourré à mon bar pour la cinquième fois en cinq semaines. J'ignorais ce qu'il avait, comme j'avais essayé de limiter les conversations que j'entretenais avec lui, mais il était clair que quelque chose ne marchait pas pour lui, que ce soit chez lui ou au travail. Il me semblait que c'était d'ordre professionnel, mais je n'avais pas envie de lui poser la question. Il fréquentait des gens très importants, et si jamais quelque chose en rapport avec ses affaires tournait mal, je ne voulais pas être obligée de témoigner contre lui à cause de ce qu'il m'aurait raconté sur un tabouret de bar.

— Personne n'a rien, ici, dit-il d'une voix pâteuse. Vous deux, peut-être que si...

Il se tourna vers Suzy et moi et nous observa d'un air songeur, avant d'ajouter :

— Ouais, à mon avis, vous êtes les personnes les plus privilégiées, ici. Vous avez de la famille que vous aimez ?

Suzy se dirigeait vers un autre client et ne répondit pas. C'était à moi de m'occuper de Tommy toute seule. Je hochai la tête.

— Oui.

Il leva son verre.

— Tu as de la chance. Tu sais ce que j'ai ? Que dalle. Avant, j'avais une femme et on avait un bébé... et ensuite, le bébé, il est mort. Et ma femme n'a pas pu le supporter. Ou plutôt, je n'étais pas « là pour elle », et elle est retournée chez sa mère à Toronto. Non, mais franchement, qu'est-ce qu'elle voulait que je fasse ? Que je la prenne dans mes bars pendant qu'elle pleurait ou que je lui paye tout ce qu'elle voulait ?

Je lui adressai un petit sourire compatissant.

— Je suis désolée, Tommy. Je ne savais pas, pour le bébé.

— Tu peux pas y faire grand-chose, dit-il. Les bébés meurent. Bizarre, hein ? Une seconde ils sont là, tellement petits, et tu ferais n'importe quoi pour prendre soin d'eux, mais ils sont si minuscules, et qu'est-ce que tu fais pour les garder en vie ? Et puis un jour tu te réveilles, comme tu le fais tous les jours depuis quarante ans, quarante putain d'années passées sur Terre... mais ton bébé se réveille pas. Nan, mais franchement, c'est quoi ce bordel, Dieu ?

J'avais envisagé d'arrêter de lui servir de l'alcool et de lui appeler un taxi, mais après avoir entendu ça, je n'avais pas le cœur à ça. Je ne savais pas si son deuil était récent.

— Ce verre est pour moi, Tommy, dis-je en faisant glisser un nouveau scotch dans sa direction. Mais ne bois pas trop vite, d'accord ? Je ne veux pas avoir à m'inquiéter pour ta sécurité quand tu rentreras chez toi.

Il semblait être au bord des larmes, et je me dépêchai de lui trouver quelques serviettes en papier au cas où.

— Samara, ma belle. Promets-moi juste une chose : fais tout ton possible pour que ta famille reste soudée. Même si c'est dur, rien n'est pire que d'être seul au monde. Tu pourrais perdre des choses, et tu pourrais perdre le contrôle de la situation, mais quoi qu'il arrive, fais tout ce que tu as à faire pour ta famille.

Je hochai rapidement la tête et allai aider un autre membre du club plus loin le long du bar. J'avais rarement ce genre de conversations au travail. Après tout, il s'agissait d'un club sexuel. Il était impossible de s'y tromper en entrant. Mais les tabourets de bats étaient pleins de gens qui restaient à l'écart de tout ce sexe et de toute cette excitation. L'on aurait dit qu'ils avaient envie d'y participer, mais que quelque chose les empêchait d'être vraiment présents et de profiter de la situation. Ce qui était bien dommage, au vu de l'argent qu'ils payaient pour passer cette porte, tout ça pour s'asseoir et se faire servir à boire par moi.

J'étais d'humeur un peu trop introspective, alors que j'essuyais des verres au bar. Toute cette histoire de gens qui restaient à l'écart et ne participaient pas était une chose à laquelle je devrais réfléchir par rapport à ma propre vie. Je passais tant de temps au travail et en cours que je ratais beaucoup de choses. Je devrais peut-être écouter mes propres conseils, si je voulais faire la morale aux gens.

— Comment va Tommy ? me demanda Suzy en venant se placer à côté de moi. Il avait l'air au bord de la nausée.

— Ouais, je crois qu'il va mieux, maintenant. Je m'inquiète un peu pour lui, mais au moins, il semble savoir ce qui est important dans la vie. Mais je ne savais pas qu'il avait traversé ce genre d'épreuves.

Suzy regarda la foule du vendredi soir de l'autre côté de la pièce. Les gens étaient plutôt sages pour le moment, mais ils se feraient plus audacieux au fil de la soirée.

— On ne sait jamais ce que les gens portent en eux, dit-elle.

Je hochai la tête, et je sentis soudain mon portable vibrer. Je recevais rarement des coups de fil au travail, alors je sortis mon téléphone et m'aperçus qu'il s'agissait de ma mère.

— C'est bizarre, dis-je à voix basse. Suzy, je vais prendre cet appel. Je reviens dans une seconde.

J'allai dans le couloir et je décrochai.

— Allô, maman, qu'est-ce qui se passe ?

— Ma chérie, il faut que tu viennes à l'hôpital. Ton frère s'est effondré pendant un match de football, et on l'a conduit aux urgences. On s'y trouve, là, et je... je ne sais pas trop ce qu'ils vont lui faire...

— Quoi ?! Maman, j'arrive tout de suite. Papa est avec toi ?

— Il est avec Josh. Ton frère a repris connaissance, mais ils vont l'emmener faire des tests. Les choses sont très incertaines pour l'instant, et on ne veut pas le laisser seul. Si tu peux quitter le travail, je pense qu'il vaudrait mieux que tu viennes ici... sans tarder, ma chérie.

Je mis fin à l'appel et retournai derrière le bar. Mes émotions devaient se lire clairement sur mon visage, car Suzy réalisa immédiatement que quelque chose allait très mal.

— Qu'est-ce qui s'est passé ? Il faut que tu partes ? demanda-t-elle, la voix pleine d'inquiétude.

— Oui, dis-je d'une voix éraillée en hochant la tête. Oui, il faut que j'y aille. C'est mon frère. Je ne sais pas ce qui s'est passé, mais il s'est effondré pendant un match de football, et il est aux urgences. Ma mère... ma mère semble penser qu'il faut que j'y aille, alors...

— Vas-y, pars tout de suite. Prends ton sac et vas-y.

Étourdie, je titubai le long du couloir jusqu'au vestiaire et je ramassai mes affaires dans mon casier avant de sortir du club en courant et de rejoindre ma voiture.

À partir de cet instant, les choses se succédèrent à toute allure. Je n'avais aucun souvenir de mon trajet jusqu'à l'hôpital. J'étais en pilote automatique, après avoir pris cette route tant de fois pour aller rendre visite à mon grand-père tous les jours. Pendant le chemin, la seule chose à laquelle je pouvais penser, c'était que j'aimais mon frère et que je ferais n'importe quoi pour m'assurer qu'il aille bien. C'était un garçon tellement sympa, tellement fort. Toujours à faire quelque chose, toujours à faire rire les gens. Les gens ne pouvaient pas s'empêcher de sourire lorsque mon frère était dans le coin, et tout le monde l'adorait.

L'imaginer allongé dans un lit d'hôpital, avec plein de tubes et de tuyaux dans le corps, me terrifiait. C'était mon petit frère, même si nous n'avions pas une grande différence d'âge. Évidemment, nous nous battions comme des chiffonniers en grandissant, mais en vérité, c'était le membre de ma famille dont j'étais la plus proche. J'aurais été prête à tout pour lui rendre la vie plus facile.

Les mots de Tommy me revinrent en mémoire, et je frissonnai. Avoir eu cette conversation et être immédiatement frappée par une tragédie potentielle était trop étrange.

— Pitié, faites qu'il aille bien, dis-je à voix haute alors que je filais sur la route de l'hôpital.

J'arrivais sans trop savoir comment j'avais fait pour m'y rendre, et je me garai sur le parking des urgences. Je courus vers les portes automatiques et j'attendis en poussant des jurons alors qu'elles s'ouvraient lentement, avant de me ruer vers la salle d'attente.

Ni mon père ni ma mère n'étaient en vue, alors je me rendis à l'accueil.

— Josh... Tanza, dis-je, en réalisant seulement maintenant que j'étais à bout de souffle.

L'infirmière leva les yeux de son ordinateur.

— Reprenez votre souffle. Est-ce que ça va ? Vous avez besoin de voir un médecin ?

Je secouai la tête, exaspérée et incapable de trouver les mots que je cherchais. Tout était trop fort, et j'étais submergée par l'émotion, sans savoir où se trouvaient mes parents et comment allait Josh.

— Mon frère. Une ambulance a amené mon frère ici, dis-je avant de reprendre une inspiration. Il s'est effondré pendant un match de football.

Cela sembla lui dire quelque chose, et elle hocha la tête en montrant un couloir du doigt.

— Un joueur de football, c'est ça. Rideau trois. Je pense que vous pouvez y aller.

Je pris le couloir à toute allure et lus les numéros affichés sur les différentes zones séparées par des rideaux. J'atteignis le rideau trois, et à ma grande surprise, la pièce était vide, le lit fait avec des draps propres. Je tournai les talons, choquée et effrayée en pensant à ce que cela pouvait signifier, mais heureusement, une infirmière qui se trouvait non loin comprit la situation et vint me rejoindre.

— Vous cherchez le joueur de football ?

Je hochai la tête.

— Tout va bien, on l'a déplacé au troisième étage. Si vous voulez bien vous y rendre et demander au bureau des infirmières, elles vous diront où le trouver.

Je trouvais que tout prenait trop de temps. J'avais simplement envie d'aller au chevet de Josh et de m'assurer que tout s'arrangerait. J'ignorais encore ce qui s'était vraiment passé, et s'il était en danger. Le fait qu'on l'ait déplacé dans une vraie chambre ne me rassurait pas, et je me demandais ce qui pouvait bien de passer alors que je me précipitais au bout du couloir et entrais dans l'un des ascenseurs.

Le troisième étage grouillait d'activité, et je me retrouvai face au bureau des infirmières.

— Excusez-moi, je suis la sœur de Josh Tanza. On m'a dit qu'il était ici.

Je regardai les infirmières qui se trouvaient derrière le bureau et j'attendis que l'une d'entre elles ait pitié de moi.

Un infirmier hocha la tête.

— Oui, le joueur de football. Il est dans la 308.

Désormais certaine de l'endroit où se trouvait mon frère, j'étais moins pressée, car j'ignorais ce que j'allais trouver. Ma mère n'avait pas eu le temps de tout m'expliquer au téléphone, et j'allais devoir affronter le fait que Josh était vraiment très malade.

La porte était ouverte, et un médecin quittait la pièce alors que je m'en approchais. Mes parents se tenaient de part et d'autre du lit de Josh, et mon frère était allongé, relié à plusieurs machines, l'air si pâle que l'on aurait dit un fantôme, ou une version spectrale de lui-même.

— Oh mon Dieu, Josh.

Je me précipitai du côté de ma mère, mais je marquai une hésitation avant de prendre mon frère dans mes bras, préférant plutôt lui presser la main. Il serra le poing, mais avec moins de vigueur que ce dont il était capable, et cela m'inquiéta.

— Ma chérie, je suis tellement contente que tu sois là, dit ma mère en m'étreignant.

Mon père fit le tour du lit pour nous serrer toutes les deux dans ses bras, alors que Josh levait les yeux vers nous avec un petit sourire aux lèvres.

— Vous vous amusez bien ? demanda-t-il.

Je levai les yeux au ciel.

— Hé, mec, sois gentil. Tu nous as tous inquiétés. Qu'est-ce qui t'arrive ? demandai-je, m'adressant tout autant à ma mère et à mon père qu'à mon frère.

— On attend toujours que les médecins nous donnent quelques résultats, dit mon père d'un ton calme.

Il semblait fatigué, comme si assister à ce qui était arrivé à mon frère sur le terrain de football lui avait volé quelques années de sa vie. Et si ça se trouve, c'était le cas.

Josh n'avait pas bonne mine. Il était pâle, sa peau était moite, et même si je savais qu'il détestait ça, je n'arrêtais pas de vérifier sa température du dos de la main.

— Tu es trop froid, Josh.

— Tu m'étonnes, rétorqua-t-il. Et ils refusent de me laisser porter un tee-shirt pour l'instant. Il faut que je reste accroché à tous ces machins pendant un moment.

— Oui, mais il faut qu'ils découvrent ce qui ne va pas. À mon avis, c'est la faute d'un cheeseburger. D'une manière ou d'une autre, c'est un cheeseburger qui est coupable.

— Ha ha, dit Josh, sans trouver ma remarque drôle pour un sou. Pour ton information, j'ai un régime alimentaire très sain, plein de protéines. J'essaye de garder la taille fine.

Mais il ne semblait pas fin du tout. Il semblait bouffi, comme s'il avait consommé trop de sodium. J'étais inquiète, moins que sur le chemin de l'hôpital, mais quand même assez pour devoir faire des efforts afin de chasser cette émotion de mon visage le plus possible.

— Maman, papa, vous avez besoin de quelque chose ? Je pourrais aller vous chercher de quoi grignoter, ou un café, par exemple. Tout ce que vous voudrez.

Ma mère secoua la tête.

— Gerry et moi, on veut rester ici pour ne pas rater le passage du médecin. Tu n'es pas obligée de t'embêter pour nous.

— Ça ne me dérange pas, maman. Vraiment, ça me ferait plaisir de vous aider.

Je marquai une pause, prenant un moment pour réaliser que ce que j'étais vraiment en train de faire, c'était d'essayer d'échapper à ce qui était en train de se passer avec ma famille. Il m'était difficile de rester dans cette pièce, de voir mon petit frère relié à ces machines sans pouvoir rien faire. Ce n'était pas dans l'ordre des choses, pas pour quelqu'un d'aussi jeune que lui, avec un avenir plein de promesses. Josh avait toute la vie devant lui, une vie brillante. Comment pouvait-il faire face à quelque chose d'aussi grave, quoi que ce soit ?

Je sentis les larmes me monter aux yeux, et je m'éloignai du lit pour m'asseoir sur l'une des chaises de la pièce, le visage enfoui dans les mains. Il était stupide de remettre tout cela en question. Évidemment qu'une telle chose pouvait arriver à ma famille - les gens étaient confrontés à des malheurs tous les jours, et nous n'étions pas différents. Mais nous n'avions pas connu de tragédies depuis si longtemps, et aucune d'entre elles n'avait touché ma famille proche. Ce à quoi j'étais confrontée, c'était de l'ignorance, et un certain privilège : je n'avais jamais eu à affronter de crise telle que celle-là, et à présent que ma famille était touchée, c'était comme si une bombe avait explosé. La différence, c'était qu'à présent, j'étais assez proche pour sentir l'impact d'une telle chose.

Mon père vint vers moi et me consola alors que je pleurais. Ce n'était pas moi qui souffrais, mais je devais exprimer mes émotions. Je voulais la même chose que mes parents : découvrir ce qui arrivait à Josh, et m'assurer que nous fassions tout ce qu'il faudrait pour qu'il retrouve la santé.

CHAPITRE 6

Attendre que l'un des médecins revienne nous donner les résultats des tests et en parler avec nous sembla durer une éternité. À un moment, nous avions commencé à nous demander si nous allions devoir attendre les visites du matin, mais nous savions que nous n'irions nulle part tant que nous n'aurions pas eu de nouvelles sur la maladie de Josh.

L'un des médecins était passé en plein milieu de la nuit pour nous expliquer ce qui était arrivé à Josh sur le terrain de football.

— Techniquement parlant, c'était une crise cardiaque, annonça-t-il.

Je m'accrochai au bras de ma mère, me préparant à la maintenir pour qu'elle ne s'écroule pas par terre à côté du lit de Josh.

— Quoi ? C'est impossible, dit mon père, hors de lui. Il n'a que dix-sept ans... J'ai entendu parler de ce genre de choses, mais c'est rare, non ?

Le médecin grimaça.

— Eh bien, ça dépend de l'événement qui a causé la crise

cardiaque. Alors c'est ça que nous tentons de comprendre, à présent. Alors que d'habitude, ce genre de choses est facilement repérable après un événement de ce genre, la crise cardiaque de Josh était assez discrète - toutes proportions gardées. Parfois, les gens sont même capables de continuer leur journée, quoique très difficilement. D'une certaine façon, il a eu de la chance de perdre connaissance, mais cela ajoute un élément ce qui s'est passé.

— Alors, quand est-ce qu'on saura quelque chose de concret ? demanda ma mère.

— J'ai transmis le dossier à l'un de mes collègues, qui a un peu plus d'expérience avec les arrêts cardiaques de ce genre chez les jeunes patients. Votre fils, même s'il est presque adulte, est techniquement toujours un enfant. Ce qui lui arrive n'est sans doute pas nouveau. Ce que nous allons rechercher, à présent, c'est la cause de l'événement, et ce que nous pouvons faire pour empêcher que cela se reproduise.

J'écoutai attentivement le médecin parler pour ne pas en perdre une miette. Mes parents étaient tellement sous le choc que je savais qu'il fallait que je sois leurs oreilles dans ce genre de situations. Parfois, il était facile de rater un mot ça ou là, ou de mal interpréter ce que les médecins disaient.

— Par exemple, poursuivait le docteur, si Josh avait quarante-cinq ans, qu'il engloutissait des litres de bière et qu'il mangeait tellement de pizza qu'il était plus large que haut, la cause de cette crise cardiaque serait évidente. Cependant, Josh a dix-sept ans, et cela rend le dossier plus compliqué à tirer au clair. Il est en bonne santé, il jouait au football quand c'est arrivé, et il devait s'entraîner deux fois par jour depuis l'été, je me trompe ?

Josh confirma les dires du docteur, se mêlant enfin à la conversation sur sa propre santé.

— Tu as déjà eu des douleurs à la poitrine pendant l'entraînement, Josh ?

Mon frère secoua la tête.

— Nan, enfin... pas plus que d'habitude. Enfin, pas à la poitrine, mais au ventre. Mais c'est normal. On court tellement qu'on vomit, pendant les premiers jours d'entraînement. Là-dessus, je suis comme la plupart des membres de mon équipe.

Le médecin fit une croix sur son écritoire à pinces.

— Est-ce qu'il t'arrive d'être essoufflé sans raison ?

Josh y réfléchit un instant.

— Eh bien, j'avais de l'asthme quand j'étais petit, et des fois, j'ai l'impression que ça revient.

Ceci attira l'attention du médecin.

— D'accord. C'est précisément le genre de choses que je recherche dans le passé médical des patients. C'est le genre de choses que les gens oublient souvent de mentionner. Il a fait de l'asthme quand il était petit, alors quand des symptômes similaires sont réapparus alors qu'il avait dix-sept ans, il a simplement pensé que c'était l'asthme qui revenait. Mais en fait - et c'est simplement une hypothèse personnelle, nullement un diagnostic - vu la façon dont tes bronches fonctionnent et dont elles sont placées, quand quelque chose les bouche ou quand tu fais une crise d'asthme ou quelque chose de ressemblant, tu peux avoir l'impression qu'elles se contractent, en plus de manquer d'air. Est-ce que ça ressemble à quelque chose que tu aurais pu vivre ?

Josh hocha la tête et regarda nos parents tout à tour.

— En fait, reprit le médecin, beaucoup de choses peuvent ressembler à une crise d'asthme. Normalement, c'est le contraire qui se produit, des gens ont le souffle court et la poitrine contractée, et ils viennent ici en pensant faire une crise cardiaque. Dans ces cas-là, il s'agit souvent d'autre chose - comme d'une crise de panique, de l'asthme, une costochondrite ou une autre pathologie qui contracte la poitrine. Mais dans ton cas, je crois qu'une pathologie cardiaque a été prise pour des crises d'asthme revenues vous hanter.

Ça faisait beaucoup de choses à assimiler d'un coup, et le médecin nous laissa digérer ces informations durant quelques heures avant l'arrivée de son collègue.

Juste avant l'aube, le spécialiste entra dans la chambre, et il parlait de manière bien plus abrupte que l'autre médecin.

— Josh, Monsieur et Madame Tanza, je suis le Dr Douglas, et je vais aller droit au but.

Aucun de nous n'avait beaucoup dormi dans la chambre d'hôpital, et nous regardâmes le médecin en attendant de savoir ce qu'il avait à nous dire sur le pronostique de Josh et son rétablissement.

— J'ai pu regarder les images du cœur de Josh, et j'ai examiné les informations envoyées par ces machines au cours de la nuit.

Il tapota l'une des machines reliées à Josh grâce à différents tubes.

— Ça m'a demandé beaucoup de recherches, mais j'ai pu trouver la source du problème. Josh a un tout petit trou dans le cœur.

Ma mère poussa une exclamation sonore et s'agrippa de toutes ses forces à la main de mon père.

— En général, c'est le genre de choses qui se règle tout seul avec le temps, quand l'enfant grandit. Dans certains cas, la situation doit être rectifiée grâce à une opération. Dans des cas encore plus rares, parce que le problème est resté invisible trop longtemps - ou pour d'autres raisons dans le cas qui nous occupe - cette opération ne semble pas être envisageable.

— Qu'est-ce que vous voulez dire ? Vous ne pouvez pas l'opérer pour régler le problème ? demanda mon père, stupéfait.

Le Dr Douglas secoua la tête.

— Je crains que non. Ce que l'on a trouvé près du trou est plus sérieux. Le cœur de Josh est sévèrement malformé. L'une des cavités cardiaques est plus grande qu'elle ne devrait l'être. Elle pompe du sang d'une manière qui laisse le reste de son cœur à la traîne. Ça, combiné au trou, fait que la situation est grave. Je ne veux pas vous alarmer, mais la vérité, c'est qu'il s'agit d'une maladie très sérieuse, et qu'il faut que vous le sachiez dès maintenant pour être prêt à prendre les décisions qui se présenteront à vous dans les jours qui viennent.

Je restai assise là, sous le choc, sans savoir ce que le médecin allait nous dire ensuite. Il avait l'air de dire qu'il ne pouvait rien faire pour aider mon frère, et cette idée me mettait à genoux.

— Ce que j'essaye de vous dire, c'est que... c'est un miracle que Josh soit encore avec nous. Il ne devrait pas l'être, pour dire les choses franchement. C'est le genre de pathologie qui se présente chez les enfants en bas âge et qui les tue du jour au lendemain. Le fait qui ne lui soit rien arrivé avant aujourd'hui est étonnant. Mais nous y sommes, et vous allez devoir envisager certaines choses. Josh est jeune, alors il sera bien placé sur la liste d'attente, et il est en bonne santé, ce qui est un autre point positif.

— Attendez, quoi ? Vous parlez d'une greffe du cœur ? dit Josh à brûle-pourpoint.

Le Dr Douglas hocha la tête.

— Je crains que ce ne soit notre seule option, Josh. Il pourrait y avoir une possibilité de réparer le trou que tu as dans le cœur, mais vu la gravité de la malformation, il est peu probable qu'une opération porte ses fruits. Si tu veux avoir une chance d'atteindre l'âge adulte, nous allons devoir te trouver un nouveau cœur.

C'est à ce moment-là que je compris que j'allais tomber dans les pommes. Je pris une grande inspiration alors que tous les membres de ma famille commençaient à assimiler la nouvelle, et je fis une prière silencieuse pour que tout cela finisse par s'arranger.

~

Nous mîmes une semaine à avoir des nouvelles de la compagnie d'assurance. Désormais, nous savions combien nous allions devoir payer, et la première chose que Suzy fit pour moi fut d'organiser une collecte d'argent pour que nous puissions financer la greffe de cœur de Josh.

Entendre le montant nécessaire avait été terriblement décourageant, et j'ignorais comment nous allions y faire face. C'était une dette que mes parents passeraient toute leur vie à rembourser. Leurs espoirs de partir à la retraite s'envoleraient, car ils seraient obligés de donner chaque centime qu'ils avaient pour s'assurer que leur fils reçoive les soins nécessaires à sa survie, comme tous les parents le voudraient.

Je maudis le système de santé américain et j'enfouis le visage dans mes mains dans le vestiaire du Club V. J'étais en pause, et je venais de raccrocher après une conversation téléphonique avec ma mère, qui se préparait à l'appel qu'on lui passerait pour l'avertir que la greffe allait se faire. Le fait que quelqu'un devrait mourir pour donner à Josh une chance de vivre la perturbait. Mais elle se faisait à l'idée, et elle avait accepté le fait que d'une certaine façon, tout cela mènerait à quelque chose de positif.

— Salut, dit Suzy en se plaçant derrière moi pour me frotter le dos. Ça va ?

Je poussai un soupir et haussai les épaules.

— Ça irait beaucoup mieux si je gagnais au loto. Tu sais les gains de la grille de loto que je n'ai jamais achetée.

— Ah, celle-là. Ouais, moi aussi, j'attends toujours mes gains.

Elle me regarda avec une pitié évidente dans les yeux, et ajouta :

— J'aurais aimé pouvoir faire quelque chose pour t'aider, Samara.

— Suzy, tu en as déjà tellement fait, avec cette récolte de fonds. Vraiment, je ne pourrai jamais te remercier assez, dis-je avant de prendre une grande inspiration. C'est juste que ça ne sera jamais suffisant. J'ai décidé de donner tout l'argent que j'ai mis de côté à mes parents pour l'opération de Josh.

— Sérieusement ? dit-elle, choquée par ma confession.

Je hochai la tête.

— Ça ne suffira pas, mais même les petites sommes peuvent aider. Vingt mille dollars, c'est tout ce que j'ai, et c'est beaucoup d'argent, mais tout est relatif, et c'est loin de couvrir tous les frais. Je me demande vraiment comment on va trouver ces cent cinquante mille dollars. Il faut que je trouve un moyen de trouver cet argent, et vite. Franchement, je ferais n'importe quoi pour ça, mais je ne sais vraiment pas comment faire. Je pense que c'est impossible.

À cet instant, Suzy sembla un peu gênée, comme si elle me cachait quelque chose. Nous nous connaissions depuis bien trop longtemps pour qu'elle se mette à avoir des secrets.

— Quoi ? lui demandai-je. Je connais ce regard. Tu ne peux rien me cacher. Crache le morceau, tout de suite.

Suzy se mordilla la lèvre.

— D'accord, je vais te le dire, mais je veux que tu me promettes de ne pas me détester ou t'énerver contre moi. D'accord ?

Je tendis le bras et pris sa main dans la mienne avec douceur.

— Suzy, je ne ferais jamais ça. Tu es ma meilleure amie. Qu'est-ce qu'il y a ?

— Je réfléchissais à une façon pour toi de te faire beaucoup d'argent vite fait, et franchement, Samara, si je pouvais le faire moi-même, je le ferais, mais malheureusement, ça fait longtemps que je n'ai plus cette possibilité.

Je lui jetai un regard curieux.

— De quoi tu parles ?

Elle s'éclaircit la gorge et se prépara à dire quelque chose qu'elle avait visiblement du mal à faire sortir de sa gorge.

— Je parle de « La Salle ». Celle que tu as vue à New York.

Le mot Salle était suffisant, elle n'avait pas besoin d'en dire plus. Je pris une nouvelle inspiration.

— Je mentirais si je disais que ça ne m'a pas traversé l'esprit, admis-je à voix basse.

Suzy me pressa la main.

— Écoute, Samara - tu n'as pas à avoir honte. Franchement, je ne connais pas de raison plus admirable de faire ça. Ce serait pour aider ta famille, et même si je pense qu'il ne faut surtout pas que tu te sentes forcée à le faire pour les aider financièrement, si c'est quelque chose que tu envisages... alors c'est une possibilité.

Je hochai la tête et regardai mes mains. Dès l'instant où j'avais entendu le montant que mes parents allaient devoir payer pour la greffe de cœur de mon frère, l'idée de me mettre aux enchères au Club V de New York me trottait dans un coin de la tête. L'idée avait eu beau me révolter la première fois que j'y avais été confrontée, maintenant que la vie de mon frère était menacée, j'étais prête à beaucoup de choses pour le sauver.

— Ouais, pour être honnête, je suis contente que tu abordes le sujet, dis-je. J'y ai beaucoup réfléchi, et j'attendais plus ou moins que l'univers m'adresse un signe. Je sais que ce n'était pas vraiment ce que tu essayais de faire, mais je crois que je vais faire comme si tu étais ce signe.

— Samara, vraiment, tu n'es pas obligée de faire ça. Mais

je veux que tu saches que je te soutiendrai à cent pour cent si tu décides de choisir cette voie. Il n'y a aucune raison d'avoir honte. C'est ton corps, et tu peux en faire ce que tu veux. Et tu sais quoi ? Je parie que comme tu es déjà employée ici, ils devraient, comment dire, te pistonner.

Elle n'arrivait pas à retenir ses gloussements.

— Non, mais sérieusement, reprit-elle. Stew t'adore, et il ne permettrait jamais que les choses tournent mal pour toi. Il connaît bien les patrons de New York. Demande-lui de passer quelques coups de fil pour t'arranger ça, si ça te tente. Je parie qu'il pourrait faire en sorte que quelqu'un de sympa te prenne en charge. Ils ne te mettront pas entre les pattes d'un vieux malade qui te fera des trucs hardcore.

Cette idée commençait vraiment à faire du chemin dans ma tête, à présent, et je me demandai avec quel genre d'homme je finirais. Je n'aurais aucun moyen de le savoir à l'avance, je ne saurais même pas qui seraient les enchérisseurs ce soir-là. Et encore, il faudrait déjà que l'on m'accepte comme enchère.

— Et s'ils ne... veulent pas de moi ? demandai-je timidement.

Je ne savais pas ce qui m'arrivait, mais cette perspective me rendait particulièrement vulnérable.

Suzy me prit les mains et me mit debout, avant de me faire tourner en direction des miroirs en pied.

— Regarde-toi, dit-elle avec douceur.

Je m'exécutai, et pour la première fois depuis longtemps, je me contemplai avec attention. J'avais les yeux un peu gonflés, à cause de toutes les crises de larmes que j'avais eues ces dernières semaines, mais dans l'ensemble, mon visage était toujours aussi joli, jeune et frais.

— Je peux ? demanda-t-elle, et en un instant, les mains de ma meilleure amie se promenèrent sur mon corps et ses longs doigts se baladèrent sur mes courbes. Tu as une silhouette époustouflante, et n'importe quel homme aurait beaucoup de chance d'être avec toi. Je pense qu'il est important que toutes les femmes disent ce genre de choses à leurs amies. Tu vas les faire tomber à la renverse, Samara. Tu verras.

∽

Suzy alla voir Stew pour moi et aborda le sujet pour la première fois. Au début, il n'avait pas voulu en parler du tout et avait prétendu que la salle des enchères n'était qu'un mythe ou une fausse rumeur. Mais comme elle me l'avait dit plus tard, quand elle avait insisté et lui avait révélé que j'étais tombée dessus lorsque je me trouvais au club de New York, il avait fini par céder. Mais il continuait de refuser de me laisser y aller.

Je demandai une entrevue avec lui pour parler de cela et le persuader de me laisser prendre cette décision moi-même.

— Que les choses soient claires, Stew. Je ne demande pas à travailler en salle. C'est hors de question.

— Évidemment que c'est hors de question, dit-il d'un air presque offensé que j'aie pu l'envisager.

Même si la direction du Club V était toujours partante pour nous faire monter les échelons, Stew se montrait très protecteur envers les barmaids, et l'on aurait dit qu'il s'était presque mis à me voir comme sa fille.

— Samara, il faut simplement que j'aie la certitude que c'est quelque chose que tu as vraiment envie de faire. Je comprends que c'est un sujet sensible, et que tu es peut-être mal à l'aise de m'en parler.

Je m'assis face à lui dans son bureau. Je ne m'aventurais pas souvent dans cette pièce, mais il était clair que Stew était quelqu'un de bien. Un père de famille qui veillait sur ses employées, et qui ne me voulait que du bien.

— Stew, je t'assure que j'ai pris cette décision toute seule. Ma famille a besoin de moi, plus que jamais, et si je peux faire ça pour eux, alors je trouve que je serais bien bête de refuser. Ça n'a plus la même importance qu'avant pour moi. Ce serait une simple transaction. Et je crois savoir que le club pourrait négocier pour moi ?

Mon patron hocha la tête et soupira.

— Mais que les choses soient claires, dit-il. Je t'obtiendrai le meilleur prix possible. Les filles reçoivent un beau montant, j'en suis sûr, ne me fais pas dire ce que je n'ai pas dit. Je ne critiquerais jamais le Club V. Mais je ne veux pas que tu obtiennes une somme décevante. Et pas question que tu rentres avec l'un de ces malades. Non, je vais m'assurer personnellement que tous les enchérisseurs soient le haut du panier... du genre à épouser. Samara, tu crois que je pourrais t'arranger ça avec quelqu'un que tu finirais pas épouser ?

J'éclatai de rire. L'idée de vendre ma virginité le perturbait visiblement beaucoup.

— Stew, même si ta proposition est très généreuse, je crains de faire ça pour l'argent, pas pour me trouver un mari ou le grand amour. Assure-toi simplement qu'il soit correct, et ensuite, j'aviserai.

Mon patron hocha la tête et poussa un long soupir.

— Bon, d'accord. Si tu es décidée, alors j'imagine que je ne peux pas te faire changer d'avis. Je vais passer un coup de fil et lancer les choses. Tu devrais avoir des nouvelles avant la fin de la semaine.

Il ne me fallut pas longtemps pour avoir des nouvelles du club de New York. C'était un OUI ferme et définitif. Stew me dit de m'attendre à recevoir un coup de fil d'Elle, et celui-ci arriva le lendemain.

— Samara ? Bonjour, c'est Elle. Je suis la directrice du personnel... on s'est rencontrées quand tu es venue travailler ici un soir.

— Oui, bien sûr. Merci de m'appeler, Elle.

Ma voix comportait une note de nervosité, et je tentai de chasser le stress de mon esprit.

— On est ravis que tu aies décidé de postuler pour ce poste. Mais étant donné la nature délicate de cette affaire, je vais devoir te demander de venir au club de New York pour pouvoir en parler en personne et tout préparer. Demain après-midi, ça t'irait ?

— Parfait, je peux venir quand tu veux.

Nous prîmes rendez-vous pour le lendemain à quatorze heures, et je me rendis en ville de la même manière que six mois plus tôt. J'avais moins le trac cette fois-ci, ce qui était étrange, étant donné la discussion qui m'attendait au club. Beaucoup de pensées se succédaient dans mon esprit, et j'espérais seulement ne pas croiser Neil Vance aujourd'hui.

On me fit entrer, et Elle m'accueillit à la porte avant de me conduire dans son bureau. La pièce était vaste et lumineuse, très différente du reste du club, et je me sentis immédiatement rassurée et à l'aise en sa présence. Cette fois, elle était vêtue d'une robe moulante noire, professionnelle, mais assez séduisante pour se fondre dans l'ambiance du Club V.

Elle prit place derrière son bureau et m'encouragea à m'asseoir devant elle. Elle m'adressa un sourire radieux et sincère en prenant la parole :

— Pour être honnête, Samara, je suis ravie que tu te sois adressée à nous. Je sais que c'est un sujet délicat, et je comprendrais que tu te sentes un peu mal à l'aise d'en parler, mais je veux que tu saches que tu peux me faire confiance, et que tout le processus est très discret.

Je hochai la tête.

— On m'a assuré que c'était le meilleur endroit si je voulais... vendre ce genre de biens.

Elle rit de bon cœur.

— Tu es marrante. C'est bien. C'est très important d'avoir le sens de l'humour, dans ce genre de situation. Ça aide à rester léger, je trouve. Bon, passons aux choses sérieuses. Tu es vierge, c'est exact ?

— Oui. Je croyais que c'était une condition nécessaire.

— Oh, pour ça, oui. Mais je voulais t'informer que j'allais t'épargner les vérifications médicales. Tu es une employée, tu es avec nous depuis un moment, et on m'a assuré que tu étais digne de confiance. Bon, c'est la partie de l'entretien où je te demanderais généralement ce que tu aimes, ce que tu acceptes ou n'acceptes pas, et tout ça. Mais la situation est un peu particulière.

Je me demandais de quoi elle voulait parler.

— Ah bon ?

— Enfin, pas si particulière que ça. Tu vois, parfois, des hommes font directement une proposition pour une femme en particulier. Ces femmes ne se retrouvent jamais dans la salle des enchères. Ce n'est pas très courant, parce qu'on ne procède pas comme ça, en général. On préfère les faire venir au club, tu vois. On n'est pas une agence de rencontre pour vierges.

Elle rit, et reprit :

— C'est comme ça, au Club V. on veut que tout le monde s'amuse le plus possible, tout en gardant l'aura de mystère que nous avons réussi à construire. Garder les enchères entre les murs du club et s'assurer que nos enchérisseurs se déplacent pour l'événement est un moyen de s'en assurer.

Tout ça me paraissait logique, mais j'ignorais toujours où

elle voulait en venir, lorsqu'elle disait que la situation était particulière.

— Ce que je veux te dire, c'est que tu ne seras pas mise aux enchères, annonça-t-elle.

— Comment ?

J'écarquillai les yeux, stupéfaite. Ne venait-elle pas de me dire qu'ils étaient ravis que je vienne les voir ?

— Oh, tu seras quand même donnée à un homme, et tu recevras ton paiement, dit-elle, comme si elle avait entendu mon monologue intérieur. Mais tu ne seras pas mise aux enchères. Vois les choses comme ça : moins de gens te verront toute nue. Personnellement, je suis convaincue que certains de ces types viennent seulement pour voir le spectacle. Mais on chasse ceux qui viennent seulement pour mater au bout de quelques visites. Non, on t'a déjà trouvé quelqu'un. Un homme a vu ta photo dans la liste de femmes qui seraient bientôt mises aux enchères, et il a demandé à ce qu'on te mette de côté pour lui.

J'avalai ma salive avec difficulté. Tout cela était arrivé tellement vite, et je me retrouvais confrontée à la réalité de la chose, et au fait que ça arriverait très vite.

— Ouah, je suis flattée, j'imagine.

Je ne savais pas quoi dire d'autre.

— Oui, eh bien, comme je l'ai dit, c'est assez rare, mais parfois on fait une exception pour les très bons clients. Je l'ai même tenu au courant de ta situation - je suis vraiment désolée pour ton frère, au fait. Mais je lui ai dit que nous avions un prix minimum. Il a fait une contre-offre.

— Quelle contre-offre ?

Elle fit glisser une pile de papiers vers moi sur le bureau.

— Comme tu le sais, la durée de nos contrats peut varier, et certaines filles mises aux enchères sont achetées pour une durée allant jusqu'à un an.

Je m'étouffai.

— On pourrait m'acheter pour un an ?

Elle secoua la tête.

— Ce serait possible, mais ce n'est pas le cas. Ne t'en fais pas. C'est généralement limité à des princes venus de pays lointains. Tu n'iras pas à l'étranger.

— Dieu merci, dis-je en poussant un soupir de soulagement, avant de regarder les documents.

— Cette personne a proposé des termes, et je vais te les expliquer maintenant, pour que tu n'aies pas à lire les cinquante pages que tu as entre les mains. Les documents sont simplement là pour dire que tu es d'accord pour tout ce qui est mentionné et que le Club V n'est qu'un intermédiaire entre deux adultes consentants qui s'adonnent à des activités légales.

Je hochai la tête en assimilant tout ça. Ça faisait beaucoup pour une après-midi.

— Les termes que cette personne propose sont très simples. Tu seras à sa disposition pendant une semaine. Si tu acceptes, ton contrat commencera ce samedi à dix-neuf heures. Sa contre-offre proposait, et je cite, de « payer les frais de santé de son frère dans leur intégralité ».

Je laissai tomber le crayon que j'avais dans la main alors que je quittais les documents des yeux et que je regardais Elle avec une surprise évidente.

— Je sais, dit-elle avec un sourire plein de douceur. C'est une proposition très généreuse. Ça inclut toutes les factures pour la greffe de cœur de ton frère, et routes celles qui pourraient s'accumuler pendant son rétablissement. Moi aussi, j'ai eu du mal à en croire mes yeux, mais c'est un client très spécial, et après t'avoir vue, il semblait très motivé.

— Je ne sais vraiment pas quoi dire, Elle.

Je ne savais peut-être pas quoi dire, mais je savais ce que j'en pensais. Je ne pouvais plus reculer, désormais. Quelles que soient les autres conditions du contrat, j'allais devoir accepter l'offre de cet homme, parce que je ne pourrais pas trouver de meilleure proposition. Si le but était d'aider ma famille, alors c'était l'idéal - la situation rêvée. Il aurait fallu être bête pour refuser une occasion pareille.

— Il y a juste une dernière chose qu'il faut que tu saches avant de passer aux termes juridiques ennuyeux. La seule condition, c'est que tu ne saches pas de qui il s'agit avant d'arriver à l'endroit où tu vas passer la semaine. Mais ne t'en fais pas. Cette personne a été soigneusement sélectionnée, et tu seras entre de bonnes mains. En sécurité.

Elle sourit à nouveau, pour me mettre plus à l'aise, et reprit :

— Alors, quelqu'un viendra te chercher samedi soir pour te conduire à l'endroit où tu passeras la semaine avec cet individu. Tu le rencontreras sur place et ensuite... vous aviserez. Tout ça est décrit plus en détail dans le contrat, mais je vais t'expliquer les choses dans des termes simples.

Elle s'éclaircit la gorge et poursuivit :

— Même si personne ne peut être forcé à faire quoi que ce soit ou à participer à des actes qui les mettent mal à l'aise, tu dois impérativement comprendre que tu donnes ton accord pour un rapport sexuel complet avec cet individu au moins une fois au cours de la semaine. C'est la seule obligation légale que tu auras après avoir signé le document. Je dirais quand même que comme tu as été achetée pour une semaine complète, plus d'un rapport sexuel serait généralement attendu, mais c'est à toi et à l'acheteur d'en discuter. Si tu te refuses à cet acte, tu renonceras à tout dédommagement, et le Club V ne sera pas dans l'obligation de te donner quoi que ce soit. Tu comprends ?

Je comprenais parfaitement, mais quelque chose me tracassait.

— Et si cette personne mentait pour ne pas payer ?

Elle hocha la tête et sourit.

— Nos clients sont sélectionnés avec soin. Je ne crois pas que ça soit arrivé un jour, mais fais-moi confiance, on a des médecins qui pratiqueront l'examen nécessaire en cas de besoin. Mais assure-toi de nous tenir au courant, si tu penses qu'il pourrait y avoir un problème.

Je passai les documents en revue tout en écoutant Elle, qui continuait à parler. Tout me semblait être en ordre, et j'estimais que je n'y allais pas complètement à l'aveuglette. Le Club V avait une réputation à tenir, et il respectait les femmes qui se vendaient aux enchères, car beaucoup d'entre elles revenaient ensuite au club en tant que membres aux côtés de leur acheteur ou d'autres personnes.

— Je pense que tu trouveras, et tu le sais déjà peut-être, car tu travailles avec nous, que nous sommes une famille, ici, et qu'on prend soin de nos employés. Fais-moi confiance, Samara. Tu seras entre de bonnes mains. Et j'espère que l'on continuera à te voir au Club V de New York dans les années à venir.

Sur ces mots, nous étudiâmes les documents et elle me les expliqua avec attention. Quelque chose me disait que j'aurais peut-être mieux fait de venir avec un avocat avant de signer un tel contrat, mais je n'avais ni le temps ni les moyens pour ce genre de bêtises. Non, au lieu de cela, je vendais ma virginité, et dimanche matin, tout ça serait réglé et je passerais une semaine de... qui sait... de révélation sexuelle intense. Je signai de mon nom sur la dernière page, et c'était fait.

CHAPITRE 7

Une semaine entière avec ce type. Samara, et si c'était un mec super flippant ? disait Suzy en me regardant depuis son lit. Je lui donnai un coup de coude et commençai à préparer mon sac. Je ne savais pas de quoi j'aurais besoin pour cette semaine, alors j'empaquetai un assortiment d'affaires qui feraient l'affaire pour passer plusieurs jours avec cette personne, où qu'elle vive. Dans un endroit accessible en voiture depuis chez moi, d'après le peu d'informations qu'Elle m'avait données, mais à part ça, je ne savais rien.

— Beurk. Merci beaucoup, Suzy. Maintenant, je n'arriverai pas à dormir ce soir. En plus, il a été sélectionné par le club, et ils ne m'auraient pas confié à n'importe qui. Et puis, n'oublie pas que c'est toi qui m'as suggéré ça.

Elle me fusilla des yeux.

— Ah non, tu es une femme adulte qui a décidé ça par elle-même. Tu as ton libre arbitre !

— Je sais, je sais. Je plaisantais, c'est tout. Je sais que j'ai décidé ça toute seule. Et franchement, j'ai presque hâte d'y être.

— Tu n'as pas peur, ni rien ? demanda-t-elle d'une voix plus basse.

Je pris une grande inspiration et regardai les vêtements que j'avais mis dans mon sac.

— Je mentirais si je disais que je n'avais pas peur du tout. C'est nouveau pour moi, et ça me fait un peu bizarre d'être encore vierge à dix-neuf ans. C'est comme si c'était une part de moi, mais pas une part très importante, tu vois ? Je ne sais pas, c'est bizarre. C'est quelque chose que la société veut faire passer pour un truc très important, alors qu'en réalité, c'est une petite chose de rien du tout, en fin de compte. Personne ne parle de la perte de virginité des mecs comme si c'était un acte monumental. Mais me voilà, en train de vendre la mienne au plus offrant. Littéralement.

— Oui, enfin, on ne sait pas ce que tu aurais rapporté si tu t'étais mise aux enchères, dit-elle en riant.

— Je ne pense pas que j'aurais gagné autant. C'est incroyable, d'avoir trouvé quelqu'un qui est prêt à payer tous les frais de santé de mon frère. Maintenant, tout ce qu'il reste à faire, c'est prier pour qu'on lui trouve un donneur.

— Et évidemment, tu dois remplir ta part du contrat, me rappela poliment Suzy.

— Comme si j'allais reculer maintenant.

La sonnette de notre appartement retentit, et Suzy alla répondre tandis que je continuais de faire mon sac et de sélectionner mes affaires pour la semaine à venir. On viendrait me chercher le lendemain soir pour me conduire dans une destination dont j'ignorais tout. Je ne m'inquiétais pas trop à propos de ça, et Suzy m'avait même proposé de suivre la voiture dans son propre véhicule pour savoir où on m'emmenait. J'avais refusé sa proposition, car je voulais respecter l'intimité du membre du club.

J'avais songé que je connaissais peut-être cette personne. Par l'intermédiaire du club, ou d'autre chose, et que c'était pour cette raison qu'il m'avait choisie. C'était une perspective troublante, que cette personne à qui j'allais offrir ma virginité puisse être quelqu'un que je fréquentais dans la vraie vie. Dans tous les cas, je savais que c'était forcément un membre du club. Le seul détail qui me manquait, c'était de savoir s'il s'agissait d'un membre du New Jersey, ou d'un autre. J'allais bientôt le découvrir, et j'obtiendrais la réponse à toutes mes questions.

Suzy apparut dans l'encadrement de la porte de la chambre avec une grande enveloppe dans les mains.

— C'est pour toi, dit-elle. Envoyée par coursier.

— Comme c'est bizarre, dis-je en lui prenant l'enveloppe des mains et en arrêtant un instant de faire mon sac pour voir ce qu'on m'avait livré. L'expéditeur n'était pas mentionné, et l'enveloppe était épaisse. Je l'ouvris avec précaution et en sortis son contenu. Il y avait un paquet fermé, ainsi qu'une lettre sur du papier de luxe sur lequel ne figuraient ni nom ni signature.

— Qu'est-ce que c'est ? demanda Suzy.

Je parcourus rapidement la lettre, et quand j'eus fini, je regardai mon amie avec de grands yeux. Je la lui lus à voix haute :

Chère Samara,

J'ai hâte de te rencontrer demain. Je pense que tu dois être en train de préparer tes affaires pour la semaine, alors je voulais te faire parvenir quelques objets qui te seront utiles pendant ton séjour.

Tu porteras les objets rouges lors de ta première soirée avec mi. Porte-les sous la robe que je t'envoie. La robe arrivera séparément plus tard dans la journée. Mets ces objets pour te préparer à notre rencontre.

En ce qui concerne ce que tu dois apporter... laisse tout chez toi.

Ce n'est pas une requête, c'est un ordre. Pas de maquillage, pas de produits de toilette - rien. Tout te sera fourni chez moi.

Je suis ravi de profiter de ta compagnie pendant une semaine. J'espère que tu es aussi impatiente que moi.

La lettre n'était pas signée.

— Bon sang, il est autoritaire, non ? C'est quoi qu'il veut que tu portes ?

Je tournai mon attention sur le paquet et l'ouvris. Enveloppée dans du papier de soie très fin se trouvait de la lingerie rouge : un ensemble coordonné avec un soutien-gorge riquiqui.

— Ça ne doit pas soutenir grand-chose, dis-je en plaçant le soutien-gorge transparent sur mes seins.

Suzy secoua la tête.

— Ouais, je crois qu'il s'en fiche, de ça. Alors, c'est ça que tu vas porter sous ta robe. Je me demande de quoi elle aura l'air. Qu'est-ce qu'il t'a envoyé d'autre ?

Une petite boîte blanche se trouvait dans le paquet, assez grande pour contenir un bracelet ou un collier. Je soulevai lentement le couvercle et regardai son contenu.

— Oh la vache, s'exclama Suzy en suivant mon regard et en regardant dans la boîte. C'est un collier de chien.

Et pas n'importe quel collier de chien. Il était incrusté de diamants, et une petite plaque en métal portait mon nom.

— Tu t'attendais à ça ? demanda Suzy en haussant un sourcil.

— À ton avis ? rétorquai-je en sortant le collier de la boîte pour l'examiner de plus près.

— Enfin, c'est un sacré bijou, répondit Suzy. Je suis persuadée que ce sont des vrais diamants. Tu crois qu'il s'attend à ce que tu te pointes chez lui avec ça autour du cou ?

Je secouai la tête.

— Je m'en fiche qu'il s'y attende ou pas. Ce n'était pas

dans le contrat et il n'en parle pas dans la lettre, alors je le mettrai dans mon sac en espérant qu'il l'oublie.

Suzy grimaça.

— Je pense que tu porteras un collier de chien avant la fin de la semaine.

˜

Le lendemain après-midi arriva, et je me préparai pour ma première soirée. Je commençais à me sentir nerveuse, je ne pouvais pas le nier. Suzy était déjà au travail, ce qui signifiait que je serais seule lorsque le chauffeur arriverait.

Comme promis, la robe m'avait été livrée l'après-midi précédent, et Suzy et moi avions ouvert le paquet tout en nous demandant si elle serait aussi scandaleuse que le collier de chien. La réponse était non, mais nous avions remarqué qu'il s'agissait d'une robe de grand couturier, et qu'elle valait cinq mille dollars en boutique. Elle était moulante et blanche, sans manches, et avec de grandes fentes sur les côtés.

Je m'habillai, et je fus satisfaite de l'allure que me donnait cette robe. Ce type s'était débrouillé pour deviner ma taille à la perfection, et cela m'impressionna. J'avais envie de voir s'il était aussi doué dans d'autres domaines.

Je suivis les instructions qui m'avaient été données et ne pris qu'un sac à main avec quelques objets, y compris le collier. Je n'étais pas complètement opposée à l'idée de le porter, mais j'étais moins enthousiaste en pensant aux activités qui impliquaient souvent de porter des colliers de ce genre. J'étais vierge, mais j'avais quand même une petite expérience des hommes. Il y avait eu des caresses, des pipes, et j'avais même connu un mec qui adorait donner et recevoir des fessées. Ça ne m'avait pas beaucoup plus, mais c'était peut-être parce qu'il n'était pas doué du tout. L'homme que j'allais voir serait peut-être différent. Après tout, s'il avait les moyens de dépenser autant d'argent pour une vierge, une robe et un collier de chien, il serait peut-être à la hauteur de la tâche.

Il était presque dix-huit heures ce soir-là lorsque la sonnette retentit enfin et que je décrochai l'interphone.

— Oui ?

— Samara Tanza ? C'est Dwight, votre chauffeur pour la soirée. La voiture vous attend devant le bâtiment si vous êtes prête à descendre.

— J'arrive tout de suite ! lançai-je, d'une voix un peu trop joyeuse, à bien y réfléchir.

Je n'avais rien d'autre à prendre, à part mes clés et mon portable, alors je fourrai ceux-ci dans mon sac à main et je me dirigeai vers la porte.

Dwight m'attendait à la porte de mon bâtiment et ouvrit gentiment la portière de la voiture pour me laisser monter.

— Merci, dis-je.

— C'est un plaisir, fit Dwight pour toute réponse avant de faire le tour de la voiture pour commencer notre trajet.

C'était un samedi soir, alors la circulation était un peu différente qu'en semaine, mais les gens se ruaient en ville pour dîner et pour assister aux concerts du week-end, alors nous restâmes coincés dans les bouchons beaucoup plus longtemps que prévu pour aller à New York. J'entendis Dwight appeler quelqu'un pour le prévenir que nous arriverions en retard, et je tendis l'oreille pour entendre la voix à l'autre bout du fil. Je ne perçus rien de particulier, juste une voix d'homme non identifiée.

Alors que nous attendions dans les bouchons, je repensai à ce que j'avais vu lorsque j'étais entrée par hasard dans la salle des enchères du Club V de New York. Bien sûr, ça avait été un choc pour moi, mais désormais, j'étais un peu moins perturbée par ce que les femmes y faisaient. Toutes avaient leurs propres histoires, leurs propres raisons d'être là. Je ne pouvais pas vraiment leur reprocher de prendre des décisions par elles-mêmes, surtout maintenant que je m'étais retrouvée dans une situation où j'avais dû prendre une décision : aider ma famille ou pas. J'avais pris cette décision librement, mais au fond de moi, je savais qu'il n'y avait pas d'autre choix. Je voulais désespérément aider mon petit frère, et c'était la façon d'y parvenir.

Nous nous rendîmes lentement à New York, et atteignîmes enfin des rues que je connaissais. Nous nous rendons dans un quartier très huppé de la ville, et je me demandai à quel point cet homme était riche, s'il avait les moyens d'acheter un appartement ici.

Soudain, nous nous arrêtâmes, et depuis l'avant, Dwight me lança :

— On est arrivés.

Nous nous trouvions au pied d'un immeuble immense, et lorsque Dwight m'ouvrit la porte, j'observai son fronton. Il était si grand que j'en étais étourdie.

— Mademoiselle Tanza, il vous suffit d'entrer, de donner votre nom à l'accueil et quelqu'un vous escortera jusqu'à l'ascenseur.

Je hochai la tête et pénétrai dans le bâtiment, avant de saluer l'homme qui se tenait derrière l'accueil. Je ne savais pas quel nom lui donner, alors j'espérais que le mien suffirait à être orientée dans la bonne direction.

— Samara Tanza, quelqu'un m'attend.

L'homme hocha la tête.

— C'est par là.

Au lieu de me conduire vers les ascenseurs principaux, il me guida le long d'un petit couloir qui s'ouvrait sur un autre hall, avec une entrée privée donnant sur une petite rue. Il entra un code sur un clavier à l'extérieur de l'ascenseur, et les portes s'ouvrirent.

— Ascenseur privé pour l'appartement-terrasse. Passez une bonne soirée, Mademoiselle Tanza.

Un appartement-terrasse.

Eh bien, voilà qui répondait à ma question sur les finances de ce type.

Réponse : il était riche comme Crésus.

L'ascenseur me conduisit en haut de l'immeuble comme une fusée et je m'accrochai à l'une des rambardes, pas vraiment à cause de la vitesse de l'appareil, mais plutôt parce que je réalisais enfin dans quoi je m'embarquais. Et à vrai dire, je n'en savais pas encore la moitié. Je ne savais pas à quoi ressemblait cet homme, ni ce qu'il attendait de moi. S'il aimait vraiment faire des trucs qui impliquaient des colliers de chien, ou s'il s'agissait simplement d'une blague. C'était peut-être un mec un peu timide qui avait envie de tenter quelque chose de nouveau. En descendant de cet ascenseur ; je savais que j'allais m'embarquer dans quelque chose de fou et de presque complètement inconnu. Ma seule certitude, c'était que j'allais passer ces portes et que j'allais rencontrer l'homme qui me débarrasserait de ma virginité.

Les portes s'ouvrirent, et je marchai sur un sol d'ardoises en marbre gris. Le hall tout entier était couvert de marbre, du sol au plafond, et les meubles qui peuplaient les lieux étaient couverts d'un fin tissu blanc. C'était clairement le genre de meubles dont personne ne se servait. Des plantes exotiques étaient disposées autour de la petite pièce, qui s'ouvrait sur un salon bien plus grand.

Il n'y avait pas signe de vie dans l'appartement, alors je me dirigeai lentement vers le salon, en espérant être remarquée ou apercevoir quelqu'un. La pièce était somptueuse et les plafonds hauts. Une cheminée constituait la pièce forte de l'appartement, et un feu y brûlait déjà. J'en étais contente, car l'air était frais, ce qui était normal au début du printemps, mais ma robe ne m'en protégeait pas beaucoup. Une assiette de fromage et de bruschettas était posée sur la table, et une bouteille de champagne attendait dans un seau de glace. J'allai regarder l'étiquette, non pas que je sache quelles années étaient bonnes pour du champagne, mais je savais ce que les gens qui s'y connaissaient en vin commandaient au bar. Ce que je savais de cette bouteille, c'était qu'elle coûtait plus cher que ma robe. Et peut-être même plus cher que le collier de chien.

— Samara.

Sa voix venait de derrière moi, et je me tournai avec un sursaut. Le véritable choc arriva lorsque je vis son visage, un visage que j'avais cru ne plus jamais voir, et peut-être bien celui que j'avais le moins envie de voir ici maintenant.

Neil Vance.

CHAPITRE 8

— Je suis ravi de te voir, dit-il. Je ne m'étais pas attendu à ce genre de circonstances, mais la vie est pleine de surprises.

Il était aussi arrogant que la première fois où je l'avais vu, mais quelque chose semblait légèrement différent chez lui ce soir. Je n'arrivais pas à mettre le doigt dessus. Comment était-ce possible que ce soit Neil ? Mais je n'avais pas le temps de réfléchir au pourquoi du comment. J'avais un objectif.

— Bonsoir, dis-je pour la jouer décontractée.

J'étais certaine qu'il avait lu le choc et la surprise sur mon visage, et qu'il s'en délectait en silence.

— Merci de me recevoir, ajoutai-je.

Je réalisai à quel point ce que je venais de dire était stupide à la minute où les mots quittèrent mes lèvres, mais je ne savais pas quoi dire d'autre dans ce genre de situation. Au fait, merci d'acheter ma virginité et de sauver la vie de mon petit frère ? Ça n'aurait pas très bien fonctionné non plus, même si c'était plus proche de ce que je ressentais en cet instant.

— Au contraire, c'est un plaisir de t'accueillir ici, et j'espère que ça te fera plaisir à toi aussi, avec le temps. Et si on s'asseyait ? Tu veux du champagne ?

— D'accord, bonne idée.

Et honnêtement, j'aurais bien besoin de tout le courage liquide qu'il voudrait bien m'offrir. Il allait falloir que je sois dans le bon état d'esprit, si je voulais que ça marche.

Il ouvrit la bouteille, et le bouchon sauta avec un petit pop dans la serviette qu'il avait dans les mains. Il nous servit un verre chacun, puis vint s'asseoir à côté de moi sur le canapé et me tendit un verre.

— Aux nouvelles expériences, dit-il avec le sourire.

— Aux nouvelles expériences, répétai-je en trinquant.

Je sirotai lentement mon champagne et me délectai du goût qu'il me laissait sur la langue, tout en tentant de me concentrer sur quelque chose.

— Tu es nerveuse, Samara ?

Je secouai la tête.

— Non, je ne vois pas de raison de l'être.

— Tu en es sûre ?

Je hochai la tête, mais en vérité, mon cœur battait à cent à l'heure dans ma poitrine, et une sorte d'excitation s'était emparée de moi. Je n'étais pas nerveuse dans le sens qui me donnerait envie de m'enfuir et de quitter l'appartement. J'avais presque envie de me jeter sur Neil et de l'embrasser sur place.

Nous bûmes notre champagne et il me posa des questions sur ma vie, sur mes loisirs, sur la façon dont j'avais commencé à travailler au club.

— Ma meilleure amie y travaillait comme barmaid, et elle m'a dit qu'ils cherchaient quelqu'un d'autre, alors j'ai sauté sur l'occasion.

Neil hocha la tête et me regarda de nouveau de la tête aux pieds, examinant ma silhouette avec lenteur.

— Tu savais quel genre de club c'était, quand tu as commencé à y travailler ?

J'éclatai de rire, et cela sembla lui faire plaisir.

— Eh bien, ça sautait aux yeux en entrant. Un couple était en train de le faire dans la piscine comme si de rien n'était. Et puis bien sûr, quand je faisais le service, j'atterrissais souvent dans l'une des alcôves ou des pièces privées, alors j'étais souvent aux premières loges pour beaucoup de choses.

— Et qu'est-ce que tu en pensais ? demanda-t-il en me passant un doigt sur l'avant-bras.

Son contact m'envoya un frisson le long de l'échine et me coupa le souffle.

— C'était différent... nouveau... excitant.

J'arrivais à peine à faire sortir le moindre mot, tant j'étais distraite par ses doigts, qui traçaient des motifs sur ma peau.

Il hocha la tête et regarda mon visage, étudiant mes traits. Le fait qu'il me prête autant attention était légèrement perturbant.

— Tu es très belle, Samara. Tu réalises à quel point ? La moitié des hommes du club devaient te désirer. Surtout que tu étais inatteignable. Ils donneraient n'importe quoi pour que tu travailles en salle.

Mes lèvres s'étaient entrouvertes sans le vouloir, et je haletais légèrement, à présent. L'effet que Neil Vance me faisait me surprenait, mais je n'en étais pas mécontente. Il s'était montré si arrogant, si autoritaire, mais à présent que je me retrouvais seule avec lui, j'avais envie de plus.

Comme s'il avait lu dans mes pensées, il se pencha et inhala l'odeur de mon parfum dans le creux de mon cou. Je frissonnai d'anticipation, attendant qu'il m'embrasse ou me touche d'une manière ou d'une autre, mais au lieu de ça, ses lèvres planèrent près de mon oreille durant quelques secondes silencieuses et douloureuses.

Enfin, il susurra :

— Je vais te pousser à me supplier.

Son souffle chaud m'envoya une décharge électrique dans la colonne vertébrale, puis il se remit debout.

— Suis-moi, le dîner nous attend.

Neil me mena jusqu'à la salle à manger de son appartement, dans un coin complètement entouré de fenêtres. La table était gigantesque, assez grande pour accueillir seize personnes sans peine, mais ce soir, elle était dressée pour deux personnes, tout au bout. Une cuisinière nous apporta nos assiettes et nous servit un dîner léger de saumon au beurre aux fines herbes et aux pommes de terre rattes, avec des haricots verts. Neil nous servit davantage de champagne, et à la fin du dîner et de mon second verre, je commençais à sentir les effets de l'alcool.

Notre conversation était cordiale, sans devenir trop personnelle. Je crois que nous ne savions pas très bien ce qui allait se passer cette nuit-là, et je n'avais certainement aucune idée de ce qui m'attendait.

— Je sais qu'il est un peu tôt pour aller au lit, mais le programme de la semaine est chargé, annonça-t-il.

Cette déclaration me prit de court et me fit me poser encore plus de questions.

— Suis-moi, dit-il en me tendant une main.

Je la pris timidement dans la mienne et le laissai me guider jusqu'à sa chambre. Elle était décorée avec goût, et le blanc prédominait.

— On restera là ce soir, mais les autres jours, je pourrais t'emmener dans une autre chambre. Je pense qu'il est important que ce soir, ça se passe ici.

Je hochai la tête, en commençant à comprendre ce qu'il disait. C'était là que ça allait se passer. L'endroit où il me débarrasserait de ma virginité, et avec un peu de chance, où il me ferait un peu plaisir. J'étais persuadée que cet homme était à la hauteur.

L'un des murs de sa chambre était complètement couvert de fenêtres. Je le regardai avec méfiance, et il s'en aperçut.

— Ne t'en fais pas. Je peux contrôler si les gens peuvent voir à l'intérieur. Alors si tu as envie d'avoir des spectateurs, tiens-moi au courant. Mais en attendant, on va garder ça entre nous.

— Merci, dis-je avec un sourire.

Pour la première fois, je vis quelque chose de presque tendre sur son visage, mais cette expression disparut presque aussi vite qu'elle était apparue.

— Enlève ta robe, ordonna-t-il. Je veux te voir.

Je voyais comment les choses allaient se passer. Il me dirait quoi faire. Le collier de chien prenait tout son sens, à présent. Je dézippai la robe en entier pour pouvoir la laisser glisser et tomber par terre.

Je savais à quoi je ressemblais, debout là avec le soutien-gorge et la culotte qu'il m'avait envoyés la veille. Je savais que le tissu transparent ne cachait absolument rien. Je sentis mes tétons durcir sous son regard, et alors qu'ils pointaient, je les sentis pousser contre la dentelle délicate.

— Tu es délicieuse, Samara. Merci d'avoir porté cette lingerie. Ça fait un moment que je rêve de la voir sur toi. Tu seras bien traitée, si tu suis mes ordres.

Il se dirigea vers une table de nuit et en sortit un bâton avec une plume au bout et l'apporta jusqu'à moi.

— Tu es sensible ? me demanda-t-il en faisant légèrement glisser la plume sur la peau de mon bras, jusqu'à l'épaule.

— Très, dis-je avec un halètement.

Je ressentis presque un chatouillement, mais pas tout à fait. Ma respiration était saccadée, et je me sentais frissonner intérieurement. Je n'avais pas froid, mais j'étais incapable de tenir en place.

Il passa le bout de la plume sur mes seins, les faisant pointer davantage.

— Mais c'est que ça te plaît, ronronna Neil. Maintenant, tourne-toi, je veux voir tes fesses.

J'obéis immédiatement et il me pencha sur le lit. M'attendant à ce qu'il me caresse encore avec la plume, je fus surprise lorsqu'il m'attrapa les fesses et les pétrit avec force, avant de se pencher pour me murmurer à l'oreille :

— Tu es à moi, ce soir. Souviens-t'en. Souviens-toi que tout ce que je fais, c'est pour nous deux. Avec moi, tu vas partager quelque chose que tu n'as encore jamais connu.

Avant d'avoir pu me demander ce qu'il voulait dire, il leva la main et me frappa la fesse droite avec force, avant de la caresser avec douceur.

— Chaque coup sera suivi d'une caresse, ça, je peux te le promettre. Toute douleur sera immédiatement suivie d'un plaisir exquis, mais tu seras à ma disposition cette semaine. Et quand on aura fini, tu me supplieras de continuer. Tu feras ce que je te dis, quand je te le dis, sans quoi tu seras punie.

Je ne savais pas ce qu'il entendait par là, mais je pouvais imaginer. Je respirais très fort alors que je pensais à clients qui s'adonnaient au BDSM au Club V. Que sortirait-il ensuite ? Un fouet ? Allait-il m'attacher ?

Il me remit debout.

— Il y a un truc qu'on n'a jamais fait, me gronda-t-il à l'oreille.

— Il y a beaucoup de trucs qu'on n'a pas encore faits, rétorquai-je sans réfléchir.

Il rit et me passa un doigt le long de la joue avant de me prendre le visage dans les mains.

— Samara, je peux t'embrasser ?

J'étais surprise qu'il me demande la permission. Surprise qu'il ne se contente pas de s'emparer de ma bouche sans attendre que je l'y autorise. Non pas que ce soit nécessaire. En cet instant, alors que je plongeais le regard dans ses yeux bleus, je sus que Neil Vance pourrait tout obtenir de moi, quand il voudrait.

Je hochai la tête et il pressa les lèvres contre les miennes, doucement au début, puis avec insistance, et son baiser se fit passionné, me laissant essoufflée et douloureusement excitée.

Lorsqu'il interrompit son geste, il souriait.

— Tu es délicieuse. Et tu sais ce que je sais d'autre ?

Je secouai la tête. J'avais l'impression que cet homme lisait dans mes pensées, et je craignais qu'il sache tout. Qu'il puisse me pencher en avant et me prendre immédiatement sans que je puisse broncher.

— Je sais que tu es morte d'excitation, Samara. J'arrive à sentir ta chatte mouillée.

Je n'avais encore jamais eu les jambes en coton à cause de mots cochons, mais il fallait un début à tout, et je m'agrippai à son biceps pour me stabiliser.

— Je me trompe ? demanda-t-il.

Je pris une grande inspiration. C'était à mon tour de me montrer audacieuse.

— Et si tu me touchais, pour vérifier, murmurai-je.

D'un geste lent, il passa la main sur la courbe de ma hanche avant de la glisser entre nous, de fourrer un doigt dans ma culotte et de caresser mes replis soyeux. Je poussai un soupir et fermai les yeux pour profiter de la sensation que m'apportait son contact. Mon esprit repensa au premier soir où je l'avais vu, lorsque la serveuse était venue dans son bureau et qu'il lui avait fait la même chose.

À présent, Neil Vance, l'un des copropriétaires du Club V, était avec moi, ses mains dans ma culotte, et au cours des prochaines heures, c'était lui qui me prendrait ma virginité. J'avais du mal à y croire.

Il retira son doigt et le porta à ma bouche.

— Goûte-toi, m'ordonna-t-il.

J'ouvris la bouche et lui suçai le doigt, goûtant à mon

humidité sur son doigt. Je le léchai proprement, et lorsqu'il le retira de ma bouche, il se pencha pour m'embrasser à nouveau, la langue profondément enfoncée en moi pour me goûter aussi.

— Mmm, gémit-il en reculant.

— Goûte-moi, dis-je avec un regard sauvage et autoritaire.

Je n'eus pas à le lui demander deux fois. Il me baissa ma culotte, et en un instant, il se mit à genoux, m'écarta les jambes et se prépara à m'honorer. Il passa la langue une fois, puis deux, sur mon clitoris, et cela m'envoya une série de frissons dans le corps. Puis il se pencha pour le sucer avec force et détermination, deux doigts en moi. Il fit quelques va-et-vient en moi et augmenta le rythme lorsque je l'attrapai par les cheveux et l'attirai contre moi. Je me sentais perdre le contrôle, et la chaleur de l'orgasme s'emparait de moi.

— S'il te plaît, s'il te plaît, l'implorai-je. N'arrête pas.

Il obéit. Je voyais bien qu'il n'avait aucune envie de s'interrompre, pas quand il était si près du but. Avec un frisson, je sentis une petite explosion en moi, puis une suite de spasmes de plaisir.

Neil recula et leva les yeux vers moi.

— Tu es tellement belle. Tu ne peux pas savoir à quel point j'ai envie de toi, là.

— Je le sais peut-être, dis-je avec un rire langoureux.

Mon corps était parfaitement rassasié, mais je savais que j'en voulais plus, moi aussi. La question, c'était de savoir s'il me laisserait obtenir ce qui me faisait envie. Sa domination était clairement quelque chose de très important pour moi, et je ne savais pas très bien comment ça marchait. Il aimait me faire du bien, je venais d'en avoir la preuve, mais pourrais-je avoir ce que je voulais, quand je le voudrais ? Avais-je même l'autorisation de demander ?

— Je peux te poser des questions, Neil ? À propos du fonctionnement de tout ça ?

— Bien sûr, dit-il en me soulevant pour me placer sur son lit.

C'était comme s'allonger sur un nuage, et je poussai un soupir satisfait en m'enfonçant dans le dessus de lit moelleux.

— Le collier, la domination, tout ça, dis-je.

— Ah, le collier. Eh bien, je me demandais si tu comprendrais ce que ça sous-entendait. Si tu te souviens bien, la première fois qu'on s'est rencontrés, tu as vu Asia, qui portait un collier similaire au tien. Je pensais que tu devinerais peut-être que c'était moi.

Je souris, tirai sur le dessus de lit, et me glissai en dessous, enjoignant Neil à faire pareil. Il se mit en boxer et se glissa sous les draps, avant de me serrer contre lui.

— Ça ne te dérange pas ? demanda-t-il.

J'ignorais pourquoi le fait qu'il me demande la permission était si surprenant à mes yeux, mais j'étais content qu'il veuille savoir si quelque chose me convenait avant de poursuivre.

— C'est agréable, dis-je en me blottissant contre son torse musclé et lisse. Dis-m'en plus sur le collier et le reste.

Il prit une grande inspiration, inhalant l'odeur de mon shampooing.

— Il faut que tu saches que même si je te l'ai envoyé, je ne m'attends pas vraiment à ce que tu le portes. Porter un collier est vraiment le symbole de quelque chose, et nous n'en sommes pas encore là. Si tu es intéressée par une relation de soumission avec moi quand tout sera terminé, alors je serais ravi d'en discuter avec toi. Mais je veux apprendre à te connaître un peu mieux. Et il y a certaines choses à régler avant.

Je sentais son érection grandir contre mon ventre, et je

tendis la main pour caresser le contour de son sexe à travers le tissu de son boxer.

— Tu as peur ? demanda-t-il.

Je secouai la tête.

— Pas vraiment. J'ai hâte. C'est excitant.

Il glissa de nouveau la main entre mes jambes et il caressa mon clitoris toujours sensible. De son autre main, il dégrafa mon soutien-gorge et me l'enleva pour avoir un accès total à mes seins.

— Ils sont magnifiques, gronda-t-il en s'approchant pour prendre l'un de mes tétons en bouche, avant de le sucer doucement puis plus fort, jusqu'à ce qu'ils se tendent tous les deux.

Je me tortillais sous sa bouche, et je me sentais un peu coupable de ne pas lui rendre la pareille, alors je glissai la main sous son boxer pour le toucher et explorer la surface soyeuse de son membre. Il émettait déjà du liquide préséminal, et j'avais envie de le lécher, mais je voyais bien qu'il avait d'autres projets.

— J'ai envie de toi, Samara. Maintenant.

L'intensité dans sa voix me fit frissonner et haleter. J'écartai davantage les jambes et le laissai se placer entre elles alors qu'il se débarrassait de son boxer et le jetait par terre. Puis il enfila rapidement un préservatif.

— Tu es tellement mouillée, Samara. Tu es prête ? Je vais y aller doucement pour toi...

Il se pencha pour me murmurer le reste à l'oreille :

— ... Mais seulement cette fois.

Je hochai furieusement la tête, de plus en plus excitée.

— S'il te plaît, j'ai envie de toi, Neil.

Je sentis le bout de son gland se placer devant mon entrée. Lentement, doucement, il commença à me pénétrer. Il était plus large que je ne l'avais réalisé, et je me sentis m'habituer à sa taille alors qu'il m'étirait avec chaque centimètre qu'il glissait en moi. Lorsqu'il fut enfin complètement enfoncé en moi, il poussa un soupir et marqua une pause.

— J'espère que ce que tu ressens arrive à la cheville de ce que je ressens, dit-il.

Je l'attirai vers moi pour qu'il m'embrasse alors qu'il commençait à se retirer doucement, avant de me pénétrer à nouveau. C'était exquis, cette impression d'être remplie et possédée. Je comprenais pourquoi il aimait la domination. Car en cet instant, il me possédait. Et cette nuit resterait à nous pour toujours, la nuit où je l'avais laissé me prendre ma virginité.

Il augmenta le rythme, et d'après l'expression de son visage, je voyais bien qu'il était absorbé par son plaisir. Il avait les yeux à moitié fermés, et ses hanches faisaient des va-et-vient, le menant plus près de l'orgasme.

Je sentais également quelque chose monter en moi. C'était différent en étant pénétrée, et il touchait des endroits où je n'avais encore jamais été touchée, que ce soit par des doigts ou par un vibromasseur. L'on aurait dit qu'il avait accès à une zone que personne n'avait jamais pu atteindre. Et à chaque coup de reins, il me conduisait plus près de ce qui s'annonçait être un orgasme très intense.

D'une dernière ondulation de bassin ponctuée par un grognement, Neil se laissa aller, et je le sentis frissonner en moi alors que je lui passais les jambes autour de la taille et le serrais contre moi, mon propre plaisir si puissant que je ne pouvais rien faire d'autre que tenter de reprendre mon souffle.

Il m'avait achetée, avait payé pour moi, et je n'étais plus vierge.

CHAPITRE 9

Combien de fois supplémentaires l'avions-nous fait cette nuit-là ? J'avais perdu le compte au bout de la cinquième. Neil avait continué de me réveiller pendant la nuit, ses mains parcourant et explorant chaque centimètre de mon corps. Je n'avais jamais rien ressenti de tel avec qui que ce soit d'autre. L'on aurait dit qu'il avait envie de m'idolâtrer et de savourer chaque seconde que nous passions ensemble. Je ne pouvais pas lui en vouloir. Il payait le prix fort pour que je lui tienne compagnie durant la semaine.

Me réveiller à ses côtés le lendemain matin me sembla tout à fait naturel, son bras nonchalamment posé sur mon corps. Il caressa la chair de ma hanche en se réveillant, et il me retourna pour que je lui fasse face.

— Bonjour, Samara.

— Bonjour, Neil, dis-je avec un sourire.

— Tu veux prendre le petit-déjeuner ? Je vais demander à Meredith de nous préparer quelque chose, si tu veux.

Mon estomac gargouilla en entendant parler de petit-déjeuner.

— Je vais prendre ça pour un oui, alors, dit-il.

Il prit son téléphone, ouvrit une application et fit quelques sélections avant de le reposer.

— Je viens de la prévenir que j'étais réveillé, et que j'arriverais dans la cuisine dans vingt minutes.

— Pourquoi est-ce que tu attends vingt minutes ?

— Parce que j'ai d'autres projets, dit Neil, et ses projets devinrent très clairs lorsqu'il commença à dévorer mon corps une fois de plus.

Le petit-déjeuner fut délicieux, ce matin-là et le suivant. Tout ce que Meredith cuisinait était exceptionnel, et le fait de payer une femme de ménage et une cuisinière me sembla moins fou lorsque celle-ci était capable de préparer des repas tels que ceux qu'elle m'avait servis.

Le deuxième matin dans l'appartement, après que le premier jour avait été passé à apprendre à mieux nous connaître et à s'habituer à la présence de l'autre, Neil me dit qu'il avait une surprise pour moi.

— C'est quoi ? demandai-je alors qu'il me guidait dans le couloir.

— Tu te souviens, quand je t'ai dit que j'avais une autre chambre ?

Je hochai la tête en me demandant dans quel genre de piège j'allais peut-être tomber. Nous avions fait l'amour non-stop pendant ces deux derniers jours, et je commençais à être un peu fatiguée.

— On ne fera pas... commença-t-il.

Nous nous arrêtâmes à la porte de la chambre, et il me serra contre lui pour m'embrasser.

— On ne fera rien qui ne te fasse pas envie.

— Mais si c'est toi qui décides, c'est toi qui me diras quoi faire, alors comment ça pourrait être ce qui me fait envie ?

Il sourit.

— Réfléchis-y un instant. Est-ce que je t'ai déjà fait quelque chose qui ne te faisait pas envie ? Est-ce que j'ai fait quoi que ce soit qui ne t'ait pas apporté de plaisir ?

Neil avait raison, même si je détestais l'admettre. C'était comme s'il avait ouvert la porte d'une part secrète de moi et avait libéré tous les désirs intimes que j'avais. Et d'une façon ou d'une autre, il arrivait très bien à deviner quels étaient ces désirs.

Il ouvrit la porte et alluma la lumière. L'éclairage était tamisé, mais je parvenais tout de même à discerner ce qui se trouvait dans la pièce. Il y avait des meubles dans chaque coin. Les choses que je reconnaissais étaient un lit à bondage et un banc à bondage. Le long des murs se trouvaient différentes sortes de fouets. Dans un autre coin, il y avait une corde nouée de façon experte. J'avais déjà vu ce genre de choses, et je me demandais si Neil s'occupait lui même de faire les nœuds, ou si quelqu'un d'autre s'en occupait. C'était forcément lui. Je ne le voyais pas se soumettre à qui que ce soit.

— Tu as peur ? demanda Neil.

Je commençais à me demander si c'était sa question favorite.

— Non, répondis-je en toute honnêteté. Certaines de ces choses semblent intéressantes.

— Je veux que tu te déshabilles. Tout de suite.

Je lui jetai un regard en coin.

— Et si je n'en ai pas envie ?

Il se pencha vers moi et baissa le ton :

— Quand est-ce que je t'ai dit de faire quelque chose qui ne t'a pas donné de plaisir ? Déshabille-toi. Je ne le répéterai pas.

Au lieu de lui tenir tête, je me mis complètement nue et trouvai que la simple idée de me tenir ici dans cette pièce avec lui, entourée par tous ses jouets préférés, était l'une des expériences les plus excitantes de ma vie. Mes tétons se durcirent, et je sentis mon sexe se contracter en réponse.

— Mets-toi à genoux par terre, ordonna-t-il.

Je fis ce qu'il me disait et il se plaça de l'autre côté de la pièce, là où je ne pouvais pas le voir. Lorsqu'il revint, il avait plusieurs mètres de corde rouge pour m'attacher. Il commença par mes bras, les nouant devant moi avec la corde. J'avais déjà vu ce genre de performance, mais je ne m'étais pas attendue à ces sensations, alors que la corde douce comme de la soie frottait contre ma peau. Plus que ça, c'était l'attitude et les compétences que Neil avait en m'attachant qui me plaisaient.

Je me mis à respirer plus fort, et il enroula la corde autour de moi dans des motifs compliqués. Je perdis toute notion du temps, tentant de me concentrer sur ce qu'il faisait, mais me perdant dans ses mouvements, dans la façon dont la corde commençait à se resserrer sur mon corps.

Enfin, quand il eut terminé, j'étais par terre, complètement attachée, mes seins opulents dressés devant moi avec obscénité. Mes tétons étaient douloureusement durs, et j'avais envie de demander à Neil de les sucer, mais je savais qu'il dirait non.

— Tu vas rester comme ça un moment, et je vais t'admirer, ma jolie Samara.

Quelques minutes avaient passé lorsqu'il vint se placer à côté de moi et posa un objet invisible sur la table de chevet la plus proche. Neil passa ses grandes mains le long de mon corps. Je frissonnai de plaisir alors que ses doigts se déplaçaient en tandem sur mes seins et mon dos, puis montaient à nouveau, pour me caresser avec douceur.

J'arrivais à le sentir, un mélange entêtant de sexe... et de musc.

Un doigt vint se poser sur mon clitoris, alors que l'autre se glissait entre mes fesses. D'un geste expert, il fit glisser sa main gauche vers mon anus, en le pressant de façon suggestive au passage, avant de se poser sur ma fente désormais trempée. Cela lui arracha un rire amusé.

— Je vois que quelqu'un est content, dit-il d'une voix grave et sexy.

— Mmm... haletai-je.

Le doigt de Neil se déplaça légèrement d'avant en arrière, le long de ma fente, alors que son autre main s'occupait de mon clitoris. Je frémis sous son contact, et priai pour qu'il n'arrête jamais.

C'était particulièrement puissant, une connexion profonde, le plaisir coupable de donner un contrôle total à cet homme.

Ses doigts bougèrent plus vite sur mon clitoris gonflé.

J'ondulai des hanches pour essayer de produire un peu de friction contre la main de Neil. Ses yeux étaient braqués sur moi, lorsque soudain, il me pinça le clitoris avec force. Des vagues de plaisir et de douleur me parcoururent, m'arrachant un gémissement rauque alors que je me cambrais sous la sensation.

— Tu es une vilaine petite fille, n'est-ce pas ?

Je ne pus que hocher la tête en réponse.

Neil s'agenouilla face à mes jambes écartées. Il leva les yeux vers moi avec un sourire diabolique au visage, et dit :

— Prête pour un petit test ?

— Oui.

Je me léchai les lèvres, nerveuse à présent. Quel genre de test allait-ce être ? J'avais du mal à me concentrer ; je voulais que Neil me touche, qu'il passe la langue le long de ma fente humide, jusqu'à ce que j'explose de plaisir.

Neil tendit le bras vers le lit et brandit un gros godemiché, avec la forme d'un pénis. Il devait faire près de vingt-trois centimètres, et il était très épais.

— Je vois que tu es déjà bien mouillée, alors pas besoin de lubrifiant, dit-il. Ton épreuve, c'est de le garder en toi jusqu'à ce que je le retire.

Je n'avais encore jamais fait une telle chose.

— Qu'est-ce qui se passera si je n'y arrive pas ?

— Si tu échoues, je me servirai du fouet - et ce ne sera pas marrant.

Toute trace d'amusement avait quitté ses yeux, remplacée par un sérieux total.

Je fermai les paupières et acceptai son défi avec un hochement de tête. Avais-je le choix ?

Puis, d'un coup, je sentis le gland du faux sexe me pénétrer. Mon vagin était serré, et la sensation de ce godemiché épais qui entrait dans mon corps était intense, un mélange entêtant de plaisir et de douleur alors que mes parois s'étiraient pour l'accueillir.

Soudain, pile quand je commençais à avoir l'impression qu'il allait me déchirer en deux, mon corps céda et le godemiché plongea en moi pour m'emplir. Je me sentais si pleine, chaque centimètre carré de mon sexe sentait la fausse peau de l'objet, pleine de veines, de creux et de bosses.

Franchement, c'était incroyable.

Neil me regardait avec attention, un petit sourire au visage. Visiblement, il comprenait parfaitement ce que je ressentais en cet instant.

— Tu es prête pour ton test ?

Prête pour mon test ? Ce n'était pas fini ?

En voyant ma confusion, Neil rit, et reposa les pieds par terre pour descendre du lit. Il se pencha et m'embrassa doucement sur les lèvres.

— Tu es tellement innocente. Je vais bien m'amuser avec toi.

Puis il disparut et se dirigea à grands pas vers une table qui contenait plusieurs gadgets. Il commença à chercher autre chose. Il sortit une petite télécommande et un long fouet en cuir.

Mes yeux s'écarquillèrent de surprise ; non, il n'allait pas vraiment...

Enfoncé en moi, le faux sexe se mit à pulser et à vibrer.

L'effet fut instantané. Je mouillai immédiatement alors que les vibrations affectaient chaque partie de mon sexe à la fois. En quelques secondes, je me mis à éprouver un désir douloureux, si excitée que j'avais du mal à me concentrer. Mes tétons étaient durs comme du bois, prêt à être sucés, pincés, ou... n'importe quoi, du moment que cela m'apportait un contrepoint aux merveilleuses sensations que me provoquait le godemiché.

— Le test, c'est ça, déclara Neil avec un sourire. Et pour te compliquer la tâche, tu ne pourras pas avoir d'orgasme, avec les réglages que j'ai choisis.

— Non !

— Oh, si.

Je me tortillai contre le lit, mon corps en feu à cause des pulsations.

Mais il devint clair que les vibrations du godemiché étaient trop faibles pour me permettre d'atteindre l'orgasme.

J'avais les yeux fixés sur Neil, désormais, pour observer le moindre de ses mouvements alors que mon corps se contractait et que le vibromasseur pulsait en moi. Il se dirigea vers la porte et se tourna vers moi.

— Je reviens bientôt.

J'eus l'impression que des heures avaient passé, et mon sexe était douloureux à cause des vibrations du godemiché lorsque les pulsations cessèrent enfin. J'étais seule dans la pièce, avec l'unique halo de lumière venu d'une petite lampe dans un coin de la pièce. Il ne me fallut pas longtemps pour tomber dans les bras de Morphée. J'étais complètement épuisée, et je me fichais de sentir le sexe ou d'avoir un godemiché profondément enfoncé en moi.

∽

Neil revint me voir tard dans la nuit et se glissa à côté de moi dans le lit, où je dormais, exténuée par les activités précédentes. On m'avait retiré le godemiché, et les cordes avaient disparu, laissant mon corps douloureux.

Ses doigts se mirent à tracer des cercles sous les seins, avant de commencer à descendre, en suivant le même tracé, jusqu'à ce que je sente qu'il m'effleurait le sexe.

Mes tétons se durcirent. J'ouvris les yeux, mais je ne voyais rien. Aucune lumière ne filtrait sous la porte, et la lampe était éteinte.

Ses doigts dansèrent sur mes tétons, réveillant le plaisir-douleur causé plus tôt par le vibromasseur. Mon corps bondissait à son contact, et je devins soudain toute mouillée.

Je réalisai qu'il m'excitait terriblement, lui et la situation dans laquelle je me trouvais à présent. Vierge seulement quelques jours plus tôt, et voilà que j'étais allongée dans le noir avec cet homme contre moi, qui allait clairement me prendre jusqu'à ce qu'il obtienne satisfaction. C'était exactement ce que je voulais, réalisai-je.

Je sentais mon corps répondre à ses avances, bouger en rythme avec ses mouvements, mon sexe devenir douloureux.

Il prit ma tête dans sa main droite et m'inclina le visage sur ma gauche pour pouvoir m'embrasser. C'était un baiser profond et passionné, et tout mon corps frissonna de plaisir. Oui, il allait me baiser de toutes ses forces.

Je souris alors, quand je sentis son membre épais et chaud se presser entre mes jambes. Je soulevai la cuisse gauche pour lui permettre de pénétrer mes replis mouillés, et il se plaça rapidement contre ma chaleur.

Sans attendre, il me pénétra, son diamètre m'emplissant entièrement. Je frémis et gémis mon plaisir. C'était fantastique. Je savais que c'était un peu cliché, mais il semblait être pile à la bonne taille pour moi.

La sensation soudain me fit frissonner de plaisir, et je cambrai les haches contre lui pour en avoir plus. Il me rendit la pareille et commença à s'enfoncer en moi avant de reculer... lentement.

C'était insupportable, mais chaque fois que j'essayais d'accompagner son mouvement pour accroître la stimulation, il me plaçait une main sur la hanche pour m'empêcher de bouger, et arrêtait lui aussi tout mouvement.

Je poussais une plante chaque fois qu'il faisait cela, car je le désirais beaucoup trop.

Ce manège continua encore quelque temps, jusqu'à ce qu'enfin, il pose la main droite sur mon sexe. D'un geste expert, il repéra mon clitoris, puis il se mit à le pétrir avec son pouce et son index, se servant de mes petites lèvres pour me stimuler davantage.

J'étais complètement impuissante, réalisai-je. Il savait exactement quoi faire, savait ce qu'il me fallait ; savait comment me conduire au bord de l'orgasme puis m'y laisser, s'interrompant pour me laisser me calmer, avant de reprendre sans prévenir afin que je sois surprise par mon propre plaisir à chaque fois.

Nom de Dieu !

Mon esprit tournait à plein régime pour essayer de devancer les sensations délirantes que provoquait son doigt sur ma peau. Mon sexe se contractait alors qu'il continuait de bouger en moi et autour de moi, son membre épais m'emplissant avant de se retirer avec une lenteur à rendre fou.

Il me faisait l'amour, réalisai-je. Il prenait son temps pour se contrôler alors qu'il me pénétrait à nouveau, m'emplissant petit à petit complètement de son sexe.

J'étais tellement mouillée, et pourtant notre étreinte restait complètement silencieuse. Pas comme le sexe bruyant et cochon auquel je m'étais attendue. Non, il ne faisait pas un bruit, et je n'entendais que son souffle dans mon oreille. Sa chaleur et son contact contre mon lobe et mon cou ne faisaient qu'ajouter à la stimulation de ses doigts, l'un d'entre eux caressant mon sein droit, tandis que l'autre frottait en rythme contre mon clitoris.

Dedans... et encore dehors... puis dedans, lentement... il s'attardait, rien qu'un instant, alors que mon clitoris me lançait sous son contact... puis il se retirait... son sexe m'emplissant alors même qu'il reculait... jusqu'à ce que je me retrouve sans lui, vide à cause de son absence, et pourtant soupirant du plaisir qu'il donnait à mes seins... avant de sauter de joie quand son membre merveilleux revenait se presser en moi dans un long mouvement doux... sa forme adaptée à la mienne... les contours de son sexe semblant naturellement taillés pour toucher mes ponts sensibles intérieurs.

Bon sang, c'était le paradis, et je m'abandonnai totalement à ce plaisir.

Je sentais la vague arriver, je savais que mon corps s'élevait vers l'orgasme.

Je me sentais pécheresse, mauvaise, de laisser cet homme s'emparer de mon corps comme il le faisait depuis des jours.

Mais là, dans son lit, couverte de la sueur de ma propre passion, l'odeur de sexe omniprésente dans mes narines alors que mon vagin se resserrait encore et encore sur son membre magnifique qui m'emplissait, je m'en fichais.

Je voulais simplement qu'il me prenne. Me noyer dans la sensation que m'apportait son érection frémissante ; sentir mon corps bouger au rythme de celui de Neil, et qu'importe si je n'avais plus de force.

Déterminée à reprendre un tant soit peu le contrôle, je me frottai à son entrejambe - et souris lorsqu'il accompagna mon mouvement, son sexe épais enfoncé en moi, écartant mes petites lèvres trempées.

Je souris toute seule dans le noir, soudain ravie, savourant l'instant présent. Et enfin, dans l'obscurité, je rendis les armes et me laissai aller. Ça faisait presque une heure, une heure avec ses mains sur mon corps, à jouer de mes zones les plus sensibles comme d'un instrument. Une heure de son membre épais en moi, me précipitant vers plus de plaisir.

Soudain, je sentis son sexe frémir puis se contracter, pulsant de vie et de plaisir alors qu'il se laissait emporter. Et là, alors qu'il jouissait, mon corps rua et se tortilla contre lui alors que l'orgasme s'emparait de moi. Des étoiles apparurent devant mes yeux dans la pénombre alors que je laissais échapper un grand cri tremblotant.

Enfin, je m'écroulai dans ses bras, mes seins se soulevant au rythme de mes halètements rapides. Neil se pelotonna contre moi en me serrant dans ses bras ; je me sentais aimée, en sécurité et respectée en tant que femme, tout ça à la fois.

Ce n'était que le début. Le cuir, les plumes, les fouets, les bâillons... J'avais l'impression qu'il avait tout essayé avec moi, et bizarrement - ou en tout cas, bizarrement pour moi dans ces moments-là -, j'en avais aimé chaque seconde. J'adorais qu'il me bande les yeux et qu'il caresse chaque centimètre de mon corps. C'était frustrant, mais je prenais le plus de plaisir lorsqu'il m'attachait au lit pendant quelques heures après m'avoir conduite aux portes de l'orgasme plusieurs fois, mais sans jamais me laisser jouir. Lorsqu'il revenait me voir des heures plus tard, je le suppliais toujours de me prendre. Et cette fois, il le faisait, avec plus de force que la première fois. C'était l'orgasme le plus puissant que j'avais jamais connu, mais il ne s'était pas arrêté là. Non, il n'avait pas fini, et il m'avait ordonné de jouir encore et encore jusqu'à ce qu'il soit prêt. Je ne savais pas que c'était possible pour mon corps de prendre autant de plaisir, mais il me l'avait démontré à de nombreuses reprises les jours suivants. Dès que je croyais avoir atteint le plaisir maximum, il m'amenait vers de nouveaux sommets. Et je me demandais comment j'allais bien pouvoir quitter cet homme. Il m'avait tant apporté, et m'avait appris tellement de choses en si peu de temps. Je savais que je finirais par porter le collier. J'étais sa Samara.

CHAPITRE 10

Le samedi arriva bien trop vite. Après une semaine à s'amuser ensemble, la fin approchait. Neil avait décidé de venir dans la salle de bains pour me regarder me laver après qu'il m'avait fait l'amour durant plusieurs heures ce matin-là. Nous nous étions réveillés bien avant l'aube et avions fini par terre, face aux énormes fenêtres de sa chambre, alors que le soleil matinal illuminait nos corps nus.

Il s'assit au bord de la baignoire et me regarda terminer de me nettoyer.

— Fini ! m'exclamai-je d'un ton joyeux.

Neil me tendit une serviette et m'aida à sortir de la baignoire gigantesque. Il me passa la serviette moelleuse autour du corps et commença à me sécher. Je n'étais toujours pas habituée à ce qu'on me traite ainsi, mais je savais que je pourrais apprendre à aimer ça. C'était tellement agréable, d'avoir quelqu'un qui me chouchoute vingt-quatre heures sur vingt-quatre. Mais j'avais toujours quelques questions à l'esprit. Je savais qu'il éprouvait des sentiments forts pour moi, mais était-ce le genre de relation qu'il voulait rendre monogame ? Nous n'en avions pas discuté, et si je voulais me montrer à l'écoute de mes émotions, je trouvais qu'il était un peu tôt pour trop s'engager. J'étais prête à entendre ce que Neil attendait de cette relation, mais j'étais aussi partante pour garder d'autres options. Ce n'était pas parce qu'on avait couché ensemble que j'étais obligée de renoncer à tout et de me lancer dans une relation avec ce type.

Nous gardâmes le silence alors qu'il me séchait. Puis, alors que je me tenais là, toute nue, il me fit tourner pour que je le regarde dans les yeux, et il m'embrassa sur les lèvres.

— C'est le dernier jour, dit-il. Qu'est-ce que ça te fait ?

Je parcourus son opulente salle de bains des yeux.

— Tu m'as habituée à des conditions de vie que je ne pourrai pas maintenir en dehors de ton appartement.

Neil rit.

— Je verrai si je peux convaincre ton manager de t'augmenter.

— Tu ne ferais pas ça, quand même ? dis-je en le regardant d'un air prudent.

— Si tu voulais que je le fasse, si. Sans hésiter.

Je secouai la tête, lentement et fermement.

— Je ne veux pas que ce qui s'est passé ici entre nous ait la moindre influence sur mon travail. Ce serait trop pour moi. Je ne savais peut-être pas qui tu étais au début, mais je suis sûre que beaucoup de mes collègues savent exactement qui tu es. Le fait qu'ils sachent que nous avons eu ce genre de relation... ce serait...

— Ce serait difficile pour toi. Je comprends.

Neil prit mes vêtements propres et me les tendit pour que je m'habille.

Une fois prête, je me tournai de nouveau vers lui.

— À quoi tu t'attends, une fois de retour dans la vraie vie ? me demanda-t-il.

Je réfléchis un moment. À quoi m'attendais-je ?

— Je crois que je vais me concentrer sur mon frère et mes parents pendant un moment. Et toi ?

Neil garda le silence et se regarda dans le miroir, puis il ajouta :

— Je crois que je devrais passer plus de temps avec mes parents. On est proches, mais la vie se met souvent... en travers de notre chemin, j'imagine. Ils ont toujours été un exemple pour moi, et j'aimerais les voir plus souvent, apprendre de leur sagesse. Comprendre comment ils ont fait pour trouver leur âme sœur si jeunes et rester mariés pendant quarante ans.

— Quarante ans ? Ouah. Et moi qui croyais que mes parents étaient ensemble depuis longtemps. Comparé à beaucoup de gens, j'imagine que c'est le cas, mais les tiens...

Neil hocha la tête.

— C'est vraiment impressionnant. Je sais que le travail que j'ai choisi et mes loisirs ne donnent pas cette impression, mais c'est ce que j'ai toujours voulu, dit-il avant de se tourner vers moi. Me marier et avoir des enfants, fonder une famille à moi. Je sais que je ne suis pas si vieux que ça, mais j'ai trente et un ans, et je trouve que c'est le bon moment pour commencer à y réfléchir sérieusement.

Je hochai la tête pour lui montrer que j'étais d'accord, sans trop savoir quoi répondre à ça.

— On a tous les deux des obligations familiales qui vont nous occuper, alors, dis-je.

Neil pencha la tête de côté d'un air incertain.

— Moi, c'est plutôt passer du temps avec eux. Toi... eh bien, tu as de vraies obligations qui t'attendent. Josh aura plus que jamais besoin de toi.

J'ignore si j'aurais remarqué ce qu'il venait de dire s'il n'avait pas marqué une longue pause à la fin de sa phrase.

— Je ne t'ai jamais dit que mon frère s'appelait Josh. C'est Elle qui te l'a dit ? Quelqu'un d'autre au club ?

Il aurait pu trouver une excuse, mais au lieu de cela, il secoua la tête et dit une chose à laquelle je ne m'attendais pas du tout :

— Samara, je connais Josh. En fait, je le connais depuis un bon moment, maintenant.

CHAPITRE 11

— Comment est-ce que tu connais mon frère ? demandai-je en me demandant quel lien il pouvait bien y avoir entre Neil Vance, propriétaire du Club V, et Josh.

— Viens, allons sur le toit. Meredith nous apportera le petit-déjeuner. Je vais tout te raconter.

Neil ramassa une couverture et nous montâmes sur le toit-terrasse, où nous nous assîmes sur l'un des canapés. La matinée était ensoleillée, mais il faisait frais, et la couverture était une bonne idée.

Je me pelotonnai contre lui et lui posai la tête sur l'épaule.

— Alors, dis-moi.

Il prit une grande inspiration et me caressa les cheveux avec douceur.

— Je ne veux pas que tu paniques quand je te dirai comment j'ai rencontré ton frère. Tu vois, après notre première rencontre, je n'arrivais pas à t'oublier. Bien sûr, j'aurais pu aller au club pour te voir, te parler, ou même t'inviter à sortir, mais j'étais sûr que tu me dirais non si je faisais ça.

Je ris.

— Tes instincts ne s'y trompaient pas.

— Alors, sois indulgente. J'ai recherché qui tu étais, ton passé et tout ça, mais ce qui a attiré mon attention, c'était que tu avais un petit frère qui fréquentait le lycée où mon frère est entraîneur.

Je me redressai.

— Le Coach Vance... est ton frère ?

J'avais entendu Josh parler de lui plusieurs fois, et cet homme faisait partie des visiteurs les plus fréquents de mon frère à l'hôpital, ces dernières semaines.

— Je ne savais pas, repris-je. Enfin, je n'aurais jamais pu deviner que vous étiez de la même famille.

Neil haussa les épaules.

— C'est normal. Enfin bref, il se trouve que je vais parfois dans le New Jersey pour aider mon frère lors des entraînements. Il a dû en manquer certains à cause de problèmes familiaux avec ses enfants, et je le remplace au besoin. Alors, en réalité, j'ai rencontré ton frère avant de te rencontrer toi, mais je ne l'ai réalisé que plus tard.

Je n'arrivais pas à le quitter des yeux.

— Le monde est petit, des fois. C'est fou que tu aies déjà rencontré mon frère alors que notre travail fait qu'on aurait pu se croiser plein de fois.

— Je sais, c'est dingue, dit Neil en me déposant un baiser sur le front.

— D'accord, mais attends. Quand est-ce que tu as appris, pour la greffe ? Quand tu as vu mon dossier de candidature pour les enchères ?

Il secoua la tête, mais garda le silence in instant alors que Meredith arrivait avec un plateau plein de nourriture.

— Merci, dis-je alors qu'elle les posait face à nous sur la table basse.

J'étais affamée, comme je l'avais été toute la semaine à

cause de mon regain d'activité, mais j'avais surtout envie d'écouter le reste de l'histoire de Neil.

Lorsque Meredith fut partie, il reprit :

— Je l'ai appris quelque temps après qu'il s'est écroulé sur le terrain. Ma mère m'avait dit qu'il y avait eu un accident pendant une partie, ou quelque chose comme ça, mais c'est seulement une semaine plus tard que Brad m'a donné les détails. Il y avait une soirée pour une œuvre de charité à laquelle ma famille donne souvent de l'argent, et Bard et moi étions venus ensemble, faute de partenaire, j'imagine, parce que mes parents étaient surmenés ce soir-là et ne pouvaient pas assister à l'événement. Ça ne me dérangeait pas, c'est toujours un bon endroit pour me faire des contacts et distribuer des cartes de visite. On ne sait jamais qui pourrait devenir membre du club.

— Enfin bref, Brad m'a raconté ce qui était arrivé à Josh, et je... honnêtement, j'ai dû me retenir pour ne pas t'appeler ce soir-là pour te demander de quoi ta famille avait besoin, et me précipiter pour te voir. Je détestais m'imaginer que vous souffriez ou que vous vous demandiez comment vous alliez payer pour une telle opération. Je savais que payer un montant allait être une épreuve, parce que je me souviens quand ma mère a eu un cancer, quand j'étais petit. C'était compliqué pour nous, à l'époque. La maladie d'un membre de sa famille et la perspective de sa mort, c'est sûrement la chose la plus difficile qu'on puisse affronter.

Il chassa une mèche de mes cheveux de mon visage et me tourna le menton dans sa direction.

— Est-ce que ça va ? Vraiment, je veux dire ?

Je hochai la tête et lui adressai un tout petit sourire.

— Oui, la plupart du temps, je vais bien. Je m'inquiète surtout pour ma mère, et le stress qu'elle subit. Je sais comment mon père affronte ce genre d'épreuves, et vu le nombre de voitures défoncées qu'il a dans son garage en ce moment, je sais qu'il évacue toute cette énergie en trop et ce chagrin de manière productive.

— Mais toi, dit Neil. Qu'en est-il de toi, Samara ?

J'inhalai profondément, et je sentis l'odeur de café s'élever du plateau.

— J'ai peur de le perdre. J'ai peur que rien ne marche, ou que la greffe ne fonctionne pas, et qu'on perde mon frère sur la table d'opération. C'est mon pire cauchemar, Neil. Il est tellement jeune. Je sais qu'il n'a que deux ans de moins que moi, mais je suis sa grande sœur, et je le resterai toujours. Tout ce que j'ai envie de faire, c'est le protéger et lui dire que tout ira bien. Il n'y a rien qu'on puisse faire, mes parents et moi, pour chasser ses peurs. Et putain, c'est vraiment injuste.

Je sanglotais, à présent, et je ne me souvenais pas du moment où ça avait commencé, mais Neil me prit dans ses bras et me serra fort tandis que je pleurais.

— Alors tu as fait ce que tu pouvais, dit-il. Tu as décidé de te séparer d'une partie de toi pour pouvoir aider ton frère. C'est vraiment admirable, Samara. Je ne pense pas que beaucoup de gens feraient ça.

Je levai les yeux vers lui et essuyai mes yeux pleins de larmes.

— Mais tu sais quoi ? Ce qui me surprend le plus dans tout ça, c'est que je n'ai pas l'impression de m'être séparée de quoi que ce soit.

— Comment ça ? demanda Neil.

— Ce que je veux dire, c'est que toute ma vie, on m'a dit que ma virginité était extrêmement importante, et au final, ce n'était pas le cas. Non pas que ça n'ait pas été *important*. Tu es très important, Neil.

Nous rîmes tous les deux, et je poursuivis :

— mais ce que je veux dire, c'est que je n'ai pas l'impression d'avoir dû renoncer à quelque chose. Je n'ai pas perdu une partie de moi. J'ai simplement ouvert la porte à une autre partie. À présent, je peux vivre des choses que je n'avais encore jamais vécues.

— Je crois que tu as vécu pas mal de nouvelles expériences cette semaine.

Je souris.

— Tu m'as montré un nouvel univers à explorer. Je ne sais pas où j'en serais sans toi, franchement.

Neil nous versa une tasse de café à chacun, et nous restâmes assis là à profiter de la boisson chaude dans l'air frais et vif du matin. C'était magnifique là-haut, au-dessus de la ville, où tout avait une teinte rose et or à la lueur de l'aube.

— Vu qu'on se parle honnêtement, dit Neil avec hésitation, je devrais sans doute te dire quelque chose.

— Quoi ?

— Déjà, laisse-moi te dire que je n'ai jamais eu l'intention de te cacher quoi que ce soit, mais je ne savais pas si tu me verrais un jour autrement. Je voyais bien l'opinion que tu avais de moi, la première fois qu'on s'est vus, et je savais que je n'avais aucune chance. Même en apprenant à connaître ton frère, je n'aurais jamais réussi à en tirer avantage pour t'inviter à sortir. Et les rumeurs courent vite au club. À la minute où tu aurais révélé mon nom à Suzy, elle aurait pu te sortir douze histoires différentes sur moi. Sérieusement, comment ça se fait que tu n'aies rien entendu pendant tout le temps où tu as travaillé au club ?

Je haussai les épaules et pris une autre gorgée de café.

— Je n'écoute pas les ragots, dis-je d'un ton neutre.

Neil leva les yeux au ciel.

— Eh bien, je suis contente que tu arrives à les éviter. Quoi qu'il en soit, je savais que tu refuserais de me voir. Je savais que je n'avais pas mes chances avec toi. Alors quand j'ai vu ton nom apparaître dans la pile de noms destinée à nos meilleurs membres, j'ai attrapé ton dossier avant qu'il ne puisse aller nulle part. En fait, à partir du moment où ton nom est entré dans le club, il n'a jamais quitté mon bureau. Bien sûr, Elle était au courant, puisqu'elle avait établi la liste, mais je lui ai dit de t'enlever immédiatement des candidatures, et que je paierais le prix demandé sans discuter. J'avais l'impression d'être l'un de ces idiots prêts à tout dans les comédies romantiques, à faire n'importe quoi pour m'assurer que personne d'autre ne te toucherait.

Il me serra fort et enfouit le nez dans mes cheveux pour inspirer mon odeur.

— On sélectionne les membres avec attention, mais quand je pense à ceux qui auraient pu te tripoter... ça me rend malade. Et ça a vraiment failli arriver. Mais je t'ai repérée à temps.

J'avais du mal à comprendre quelle était la chose qu'il voulait m'avouer.

— Je savais déjà que tu m'avais réquisitionnée, dis-je. Elle m'a expliqué comment ça fonctionnait.

— Oui, mais il y a autre chose dont Elle ne savait rien du tout.

— C'est quoi ? demandai-je, complètement perdue, à ce stade.

Neil me regarda droit dans les yeux.

— Samara, j'aurais financé l'opération de ton frère, quoi qu'il arrive. Ce jour-là, j'avais prévu d'appeler Brad pour qu'il me dise à qui m'adresser afin de payer les factures de l'hôpital. J'avais déjà fait un chèque en blanc à tes parents, mais ensuite, j'ai vu ton nom.

Il marqua une pause pour me regarder et voir ma réaction. Sa confession me surprenait, mais je n'étais pas choquée. Il avait toujours eu l'intention de payer, mais ce n'était pas le problème. Il admettait qu'il s'était servi de la situation pour en tirer quelque chose, pour m'avoir et obtenir ce qu'il désirait.

Je levai la main et je lui caressai la joue avec douceur.

— Neil, je ne peux pas vraiment t'en vouloir. Je ne pouvais pas savoir ce que tu comptais faire pour mon frère. Mais c'est très gentil de ta part. Je crois que ça prouve que tu as bon cœur.

Il me prit la main et la plaqua contre sa poitrine.

— Le cœur que j'ai, c'est un cœur qui ferait n'importe quoi pour te garder à mes côtés. J'aurais payé n'importe quel montant pour passer cette semaine avec toi. Le fait que ça puisse devenir réalité était plus que tout ce dont j'aurais pu rêver.

Je me penchai en avant et l'embrassai tendrement sur les lèvres.

— Le dernier jour, dis-je.

— En effet, répondit-il en hochant la tête. Tu es prête à ce que je te reconduise chez toi ?

Je regardai la ville qui s'étendait à nos pieds et je secouai la tête. C'était trop beau pour partir maintenant.

— Tu sais, je crois que je peux rester encore un peu.

ÉPILOGUE

Six mois plus tard

Je me plaquai nerveusement la main sur la nuque, puis je me tournai pour regarder Neil. Il me sourit, les yeux baissés vers moi, m'indiquant que tout irait bien. La route avait été longue, pour mon frère. La greffe s'était bien passée, même si on l'avait gardé à l'hôpital un peu plus longtemps que prévu, par précaution.

Mes paumes étaient moites alors que je me tenais sur le porche de mes parents, main dans la main avec Neil. Tout le monde avait été invité pour fêter le retour de Josh à la maison. Il en était sorti un mois plus tôt, mais ma mère avait jugé plus prudent d'attendre plutôt que de lui causer du stress si tôt après son opération.

Neil et moi étions inséparables depuis notre première semaine ensemble. Nous nous complétions comme les pièces d'un puzzle. Nous étions des âmes sœurs. Les gens disent toujours que trouver son âme sœur est une chance, et que certains ne la trouvent jamais, alors j'imagine que nous avions une bonne étoile qui nous avait fait nous rencontrer.

Après avoir passé tant de temps avec Neil, j'avais appris que nous avions les mêmes centres d'intérêt et les mêmes objectifs dans la vie. Il était très famille, et lorsque j'avais eu l'occasion de rencontrer ses parents deux mois plus tôt, j'étais tombée encore plus amoureuse de lui.

Le déclic avait eu lieu alors que nous dînions avec ses parents, un soir. Nous étions sur le point d'entamer le délicieux repas que sa mère venait de nous préparer, lorsque Neil s'était levé, une flûte de champagne à la main.

— Maman, papa, j'ai quelque chose à vous annoncer, avait-il dit en les regardant tous les deux.

Il s'était tourné vers moi et m'avait souri. Les yeux pétillants d'un bonheur que je m'étais mise à adorer, il avait poursuivi :

— Ma chérie, tu es l'amour de ma vie.

Neil avait marqué une pause et avait posé son verre sur la table pour mettre un genou à terre et chercher quelque chose dans sa poche. À ma grande surprise, il en avait sorti une petite boîte en velours bordeaux. Puis il avait levé les yeux vers moi et m'avait souri.

— Je sais que nous ne sommes ensemble que depuis six mois, mais Samara, tu es tout ce dont j'ai toujours rêvé. Tu me complètes. Me feras-tu l'honneur de devenir ma femme ? avait demandé Neil en ouvrant la boîte, révélant une bague de fiançailles surmontée d'un diamant jaune canari taille princesse de cinq carats.

Dans un geste fluide, j'avais porté la main à ma bouche. J'étais sous le choc, et j'ignorais complètement qu'il allait faire sa demande. J'avais senti les larmes me monter aux yeux, avant de me rouler sur les joues. J'avais souri, et j'avais fini par répondre :

— Oui ! Oui, j'adorerais devenir ta femme !

Mes mains n'arrêtaient pas de trembler alors qu'il me glissait la bague au doigt. Subjuguée, j'étais enfin redescendue sur Terre et lui avais sauté au cou. Un instant plus tard, ses parents s'étaient mis à applaudir, et nous nous étions tournés vers eux pour les voir sourire.

— Oh, mon chéri. On est si heureux pour toi, avait dit sa mère en se levant pour nous prendre dans ses bras, suivie par le père de Neil.

À présent, je me tenais sur le porche de mes parents avec l'amour de ma vie, et j'étais nerveuse à l'idée de leur annoncer la nouvelle. Un instant plus tard, j'ouvris la porte et entrai dans le petit salon de mes parents, plein d'amis et de membres de la famille, qui discutaient entre eux.

— Ma chérie, tu as pu venir, dit ma mère en se ruant vers nous pour nous saluer.

— Bien sûr, maman. Je n'aurais raté ça pour rien au monde.

Je l'embrassai doucement sur la joue, puis je fis un geste en direction de Neil.

— Maman, tu te souviens de Neil ?

— Oui, bien sûr. Je suis ravie de vous revoir, dit-elle en l'étreignant, car elle n'aimait pas beaucoup les poignées de main. Entrez, venez dire bonjour à tout le monde. Je vais dire à ton frère que vous êtes arrivés.

Nous pénétrâmes dans la pièce, et je disais bonjour à tout le monde tout en présentant Neil aux gens qu'il n'avait pas encore rencontrés quand mon frère sortit de la cuisine. Il souriait jusqu'aux oreilles. Bon sang, j'étais si contente de le voir aller mieux, comme avant.

— Salut, toi, dis-je en lui souriant et en le prenant dans mes bras, les yeux tournés vers lui. Comment tu te sens ?

— Bien. De mieux en mieux chaque jour, répondit-il en souriant. Bonjour, Neil. Je suis content que vous soyez venu. Votre frère est dans la cuisine, en train d'engloutir toute la nourriture.

Neil éclata de rire et donna une petite tape sur l'épaule de Josh.

— Je suis content que tu sois en forme, mon pote.

Au bout d'une heure, mes parents apportèrent un gâteau pour Josh, et nous le regardâmes souffler les bougies et remercier tout le monde d'être venu. Je m'assis à côté de Neil sur la causeuse alors que ma mère et mon père faisaient un petit discours sur la famille, l'inconnu, et le fait de ne jamais rien prendre pour acquis dans la vie. Alors qu'ils levaient leurs verres pour trinquer avec tout le monde, nous les imitâmes. Je bus une gorgée de vin, puis Neil me prit par la main et se leva. Mon cœur se mit à battre sauvagement lorsqu'il prit la parole :

— Monsieur et Madame Tanza, tout le monde. J'ai quelque chose à vous annoncer, dit-il.

Il baissa les yeux vers moi. Il prit ma main dans la sienne et me mit debout à côté de lui. Lorsque je parcourus la foule des yeux, mon regard se posa immédiatement sur ma mère, puis sur mon père. Elle lisait toujours en moi comme dans un livre ouvert. Elle avait la main plaquée contre sa bouche, les larmes aux yeux, et mon père avait un grand sourire au visage.

— J'aimerais vous annoncer que j'ai demandé à Samara de m'épouser il y a quelque temps, et qu'elle a accepté. Nous allons nous marier ! dit-il d'un ton joyeux.

Je croisai le regard de mon frère, et il m'adressa un sourire plein de fierté, les pouces levés. Alors que la foule poussait des cris de joie, je vis mes parents nous rejoindre.

— Félicitations, ma chérie. On est tellement heureux pour vous, dirent-ils en nous embrassant et en nous étreignant.

— Tu savais ? demandai-je en regardant mon père.

— Bien sûr, répondit-il. On ne saute pas le pas sans demander la permission des parents d'abord, quand même, répondit-il en adressant un clin d'œil à Neil.

— Ma chérie, je ne voulais pas te faire peur. Une semaine avant de te demander ta main, j'ai déjeuné avec tes parents. Je ne me sentais pas à l'aise à l'idée de te demander en mariage sans leur demander leur bénédiction d'abord. J'espère que tu n'es pas fâchée ?

Je souris toute seule, en me sentant un peu bête d'avoir été si nerveuse. J'aurais dû deviner qu'il ferait ce genre de chose. Neil était vieux jeu. Je lui donnai une tape sur le bras et lui dis :

— Ça ira. Tu as toute la vie pour te faire pardonner.

LIVRES DE JESSA JAMES

Mauvais Mecs Milliardaires
Du Bout des Lèvres
Un Accord Parfait
Touche du bois
Un vrai père

Le Club V
Dévoilée
Défaite
Percée à Jour

Le pacte des vierges
Le Professeur et la vierge
La nounou vierge

Le Cowboy
Comment aimer un cowboy

Livres supplémentaires
Supplie-Moi

BOOKS IN ENGLISH BY JESSA JAMES

Bad Boy Billionaires

Lip Service

Rock Me

Lumber Jacked

Baby Daddy

The Virgin Pact

The Teacher and the Virgin

His Virgin Nanny

His Dirty Virgin

Club V

Unravel

Undone

Uncover

Additional Titles

Beg Me

How to Love a Cowboy

Valentine Ever After

À PROPOS DE L'AUTEUR

Jessa James a grandi sur la Cote Est des États-Unis, mais a toujours souffert d'une terrible envie de voyager. Elle a vécu dans six états différents, a connu de nombreux métiers, mais est toujours revenue à son premier amour – l'écriture. Jessa travaille à temps plein comme écrivaine, mange beaucoup trop de chocolat noir, à une addiction aux Cheetos et au café frappé, et ne peut jamais se lasser des mâles alpha sexy qui savent exactement ce qu'ils veulent – et qui n'ont pas peur de le dire. Les coups de foudre avec des mâles alpha dominants restent son genre favori de nouvelles à lire (et à écrire).

Inscrivez-vous ICI pour recevoir la Newsletter de Jessa
http://ksapublishers.com/s/jessafrancais

www.jessajamesauthor.com

www.ingramcontent.com/pod-product-compliance
Lightning Source LLC
LaVergne TN
LVHW011842060526
838200LV00054B/4131